...hreven

Monique Samuel

Dansen tussen golven traangas

Amsterdam · Antwerpen
Em. Querido's Uitgeverij BV
2015

Dit verhaal is geïnspireerd op een tragedie die plaatsvond tijdens de achttiendaagse volksopstand tegen de Egyptische ex-president Hosni Mubarak, eind januari 2011.

www.queridokinderboeken.nl
www.moniquesamuel.nl

Dit boek is ook verkrijgbaar als e-book

Omslag Nanja Toebak
Foto omslag Monique Samuel

ISBN 978 90 451 1725 6 / NUR 284

Voor Egypte, mijn vaderland.
En voor al die naamloze helden die hun
leven gaven voor het hoogste goed:
het recht om te zijn, het recht om *vrij* te zijn.

Inhoud

De foto 9
Duizend kleine druppels 13
Twee vrienden 21
Omdat het is zoals het is, of zoiets 28
De date – part I 39
De date – part II 44
Geheim bezoek 47
Runaway Bride 54
De date – part III 58
– intermezzo – 64
Nachtwerk 66
De groep 74
Ben je een held of ben je een lafaard? 78
Hello Kimberly 84
Aan de buis gekluisterd 89
Druppel in een oceaan 93
Douchen 97
– tweede intermezzo – 104
Gesloten luiken 107
De flits 115
Het is voorbij 125

De foto

Langzaam doet Samya haar ogen open. Eerst het ene, dan het andere, maar ze vallen direct weer dicht. Ze probeert het nog een keer. Zacht prikt het licht tussen haar lange wimpers door.

Ze is de laatste tijd zo moe. Nu weer. Snel rekent ze uit dat ze toch zeker tien uur heeft geslapen, maar ze voelt zich haast nog moeër dan toen ze de vorige dag naar bed ging.

Haar moeder kijkt haar bezorgd aan als ze 's ochtends bij het ontbijt slaperig over haar bord *foul* en *taamiyya* hangt. Vroeger was ze dol op gekookte bruine bonen en groene kikkererwtballetjes, nu heeft ze steeds minder zin in eten. Maar er is meer. Eigenlijk heeft Samya in toenemende mate nergens meer zin in. Nu ook niet. Ze rekt zich uit en staart naar het plafond. Waarom voelt ze zich zo leeg? Ze wil niet over het antwoord nadenken. Snel knijpt ze haar ogen dicht en bidt stil.

Een steek trekt door haar bovenlijf. Ze legt haar hand op de zere plek en merkt tot haar verbazing dat haar borsten weer groter zijn geworden. Alles groeit, alles verandert, behalve de pijn. Die ebt maar niet weg.

Ze draait zich om en staart naar de muur. Maria lacht haar toe. Samya slaat haast automatisch een kruisje en drukt een kus op de afbeelding van de Heilige Maagd. De enige andere versiering aan de verder kale muur is een verweerde foto die dof afsteekt bij het glimmende plakplaatje. Daar staat hij: donker golvend haar, een bruine huid, maar blauwgrijze ogen die helder oplichten. Liefdevol houdt hij een baby in zijn armen. Samya, toen ze nog maar net geboren was.

'Papa...' fluistert ze schor en ze voelt hoe haar keel dichtgeknepen wordt. Vandaag is het zijn sterfdag. Drie jaar geleden overleed hij. *Drie jaar alweer*. Ze houdt het verstrijken van de tijd nauwkeurig bij. Nooit zal ze vergeten hoe haar oom opeens voor de deur stond en haar met een ernstig gezicht vertelde dat ze haar tas moest pakken. Zijn ogen waren roodomrand, alsof hij gehuild had, maar dat kon Samya zich niet voorstellen. Oom Naguib huilde nooit. Hij is een nukkige en norse man. Heel anders dan papa, die altijd lachte en grapjes maakte en wiens ogen straalden alsof het sterren aan een donkere hemel waren. Angstig had ze wat kleren in een tas gepakt en de foto van de muur getrokken die boven haar bureautje hing.

Oom Naguib liep zwijgend door de straten. Ze kon zijn snelle stappen amper bijhouden. Op een gegeven moment greep ze zijn hand, maar die trok hij terug.

'Dat is niet gepast,' mompelde hij stug. Dus dribbelde ze met haar koffertje maar achter hem aan.

Hij nam haar mee naar het grote treinstation bij het Ramesplein, waar ze met moeite tussen de vele kleedjes met koopwaar slalomde. Verkopers floten naar haar en maakten grapjes over haar lange vlecht. Nerveus sloeg ze haar ogen neer. Ze was nog maar een meisje, maar de mannen lieten haar toen al merken hoe mooi ze was. Samya kon het niet geloven. Ze vond zichzelf op haar twaalfde al niet knap en nu, op haar vijftiende, is ze alleen maar onzekerder geworden. Soms staat ze even stil voor de gebarsten spiegel en draait ze voorzichtig een rondje om haar rug, heupen en billen wat beter te kunnen zien. Ze vindt zichzelf maar dik en lelijk.

Oom Naguib kocht twee treinkaartjes en reisde met haar naar Alexandrië, de havenstad aan de koele kust van de Middellandse Zee. Ze was wel vaker in Alexandrië geweest, met zomeruitjes van de kerk. Maar nu was het winter en de stad was koud en grijs en gek stil in vergelijking met Cairo.

Zwijgend stapte haar oom in een minibusje en bracht haar naar zijn kleine appartement in een wijk van verkleurde smalle betonnen flats. Hij moest direct weer weg en belde dus maar aan bij de buurvrouw, die *Oum Michel* werd genoemd, 'moeder van Michel'. Zij woonde alleen sinds haar man jaren geleden was overleden en haar zoon uit huis was gegaan. Na lang aarzelen wilde ze wel op haar passen terwijl oom Naguib weg was.

In het huis van Oum Michel was het stil en roken de oude meubels naar mottenballen. Er stond een enorme televisie waarvan Oum Michel trots vertelde dat ze die van haar zoon had gekregen. Verder zei de oude vrouw niet zoveel. Ze zuchtte en steunde alsof de wereld verging terwijl ze voor de buis zat, urenlang. Drie dagen bracht Samya in dat muffe huis door zonder dat iemand haar enige uitleg gaf. Er was iets met haar vader, dat wist ze wel. Iets vreselijks. Ze had de hele tijd buikpijn van de spanning.

Toen haalde haar oom haar weer op en bracht haar naar zijn appartement, waar haar moeder op de bank zat. Zodra Samya haar moeder zag rende ze huilend op haar af, maar mama reageerde amper. Afwezig klopte ze Samya op haar rug. Ze zag er doodmoe uit. Later, veel later, begreep Samya dat haar moeder onafgebroken naast het bed van haar vader in het staatsziekenhuis had gezeten en had gezien hoe papa langzaam weggleed in een diepe, eeuwige slaap.

Samya's vader was altijd kerngezond geweest, hij werkte hard, rookte niet en was de enige vader uit de hele buurt die iedere ochtend hardliep. Dat had hij ook die ene zwarte dag gedaan. Hij had zijn sportbroek aangetrokken en het witte T-shirt dat hij bij het rennen altijd droeg en was net aan zijn vaste ochtendrondje begonnen toen een aftandse motor vanuit het niets veel te hard de hoek om kwam en boven op hem knalde. De motorrijder had een gebroken arm en flink wat schaafwonden, maar haar vader was twee dagen later dood en de volgende dag begraven zonder dat Samya afscheid van hem had kunnen nemen.

Samya slaat haar ogen op. 'Papa...' fluistert ze nog één keer. Dan draait ze zich om en begraaft haar hoofd onder het kussen. Snikkend valt ze weer in slaap.

Duizend kleine druppels

Een lichte mist hangt over de blauwgrijze golven van de zee. De wind speelt met de wolken. Het is januari, maar de winter is zacht dit jaar. Mohammed ademt diep in door zijn neus en blaast gecontroleerd weer uit terwijl zijn voeten over de straat bewegen. Afzetten, neerkomen, afzetten, neerkomen. Ritmisch snijden zijn armen door de lucht. Steeds sneller, steeds harder. Een flits van een seconde werpt Mohammed een blik op het water. Hij voelt zich bijna net zo krachtig als die woeste schuimkoppen. Trots kijkt hij naar de druppeltjes die langzaam langs zijn gespierde armen glijden. Hij spant zijn buikspieren nog wat strakker aan en duwt zijn borst vooruit. Hij verbeeldt zich dat hij sprint in een olympisch stadion of de marathon van New York rent, maar voor zich ziet hij gewoon de Corniche, de verlaten promenade langs zee, waar slechts nu en dan toeterend een auto of vrachtwagen langs scheurt. Er is geen publiek om hem aan te moedigen, geen toeschouwer die juichend langs de kant staat.

Mohammed maakt een sprong. Nu is hij geen marathonloper meer, maar een danser. Zwierig verplaatsen zijn armen en benen zich door de lucht. In zijn oren vervormt het suizen van de zee zich tot een zachte melodie. Hij strekt zijn armen, brengt ze dan weer naar zijn lijf, knipt in zijn vingers en rent weer door.

Ik zou dit vaker moeten doen, denkt Mohammed terwijl zijn tenen telkens de neuzen van zijn goedkope gympen raken wanneer hij de brokkelige straattegels aantikt. Meestal is hij vroeg in de ochtend niet zo sportief. Hij slaapt veel liever uit. Maar vandaag was hij onverwacht vroeg wakker. Voorzichtig draaide hij van zijn ene op zijn andere zij, bang zijn jongere broertje in het bed onder hem te wekken.

Het is lastig dat hij geen eigen kamer heeft. In het krappe appartementje hoor en zie je alles. Als hij een tikkeltje te lang in de badkamer blijft hangen bonst zijn zus Layla al geïrriteerd op de slecht sluitende deur. En in zijn eigen kamertje heeft hij ook al geen privacy. De lattenbodem van het stapelbed kraakt bij iedere beweging en zijn broertje is altijd in de buurt. Abdou is tien en veel te jong om te begrijpen wat er in het hoofd van zijn oudere broer omgaat, maar laatst betrapte Mohammed hem erop dat hij in zijn spullen neusde op de planken van hun gedeelde linnenkast. Woedend had hij hem een klap verkocht. Abdou was meteen naar zijn moeder gerend, maar juist op dat moment schrok zijn vader wakker uit zijn middagslaapje. 'Hé, wat gebeurt er?' bulderde hij woedend. 'Wie maakt hier zo'n herrie?'

Abdou kromp in elkaar en kermde: 'Mohammed heeft me geslagen.'

'Tsss,' siste zijn moeder. 'Je moet lief zijn tegen je broertje!'

'Die spion zat tussen mijn spullen te neuzen!'

'Wat zit er tussen jouw spullen dat Abdou niet mag zien?' vroeg zijn zus direct. Ze ging normaal helemaal op in de virtuele wereld van haar computer en liet de dagelijkse familieconflicten aan zich voorbij gaan, maar dit vond ze opeens wél interessant.

'Ja, wat houd je voor ons achter?' vroeg zijn moeder nu streng.

'Ach, houd jullie kop!' snauwde Mohammed.

Dit was voor zijn vader het sein om echt boos te worden. 'Zo praat je niet tegen je moeder!' tierde hij.

Een kwartier lang schreeuwde en krijste iedereen door elkaar heen. Toen brulde zijn vader met zijn zware bulderstem dat het zo wel genoeg was, hij hard had gewerkt en nog een lange dag voor de boeg had dus hij wilde nu eindelijk wel eens rusten. Iedereen die hem uit zijn slaap zou wekken kreeg een afranseling waarbij de martelpraktijken van de geheime dienst op gekietel zouden lijken. Haastig gingen de gezinsleden uit elkaar. Mohammeds moeder naar de hete keuken en zijn broertje naar de slaapkamer, Layla verstopte zich weer achter het flikkerende computerscherm in de hoek van de kamer en voor Mohammed bleef er maar één optie over: het huis uit. Weg, ver weg van die vermoeiende familie van hem.

Maar vandaag kan zijn dag niet stuk. Hoewel hij slecht geslapen heeft, voelt hij zich onvermoeibaar. Hij rent en rent en laat de stad aan zich voorbij glijden alsof het een film is. Pas als hij helemaal aan het eind van de boulevard bij het Montazapark is aangekomen, stopt hij even om een blikje cola te kopen bij een stalletje. In de schaduw van een oude dennenboom zakt hij op het vochtige gras neer en neemt een paar gulzige slokken.

Zijn mondhoeken krullen naar boven als hij denkt aan de vorige avond toen hij met zijn beste vriend Abdelrahman het dakterras van de oude flat op glipte en ze urenlang met elkaar praatten. Ze zaten tussen de rieten hokjes met kippen en konijnen, die in hun kleine gevangenisjes kakelend en snuffelend heen en weer bewogen. Het was fris, ja zelfs een beetje kil geweest, dus hadden ze dikke truien aangetrokken en waren steeds dichter tegen elkaar aan gekropen, tot Mohammed het warme lichaam van zijn vriend dwars door de dikke lagen kleding heen voelde gloeien en hun adem gelijkmatige wolkjes maakte in de lucht.

Hij schudt zijn hoofd en probeert aan iets anders te denken, Samya bijvoorbeeld. Een heel aardig meisje. Mooi en lief. Vooral haar haren zijn betoverend. Maar Samya kent hij amper en Abdelrahman is zijn boezemvriend. Meer nog... *Nee, niet aan denken!*

Al zolang hij zich kan herinneren zijn ze beste vrienden geweest, ook al zijn ze heel verschillend. Mohammed vindt het leuk om stoer te doen, over meisjes te praten bijvoorbeeld, en hij is trots op zijn atletische lichaam. Hij is gek op alles wat met dans, sport en beweging te maken heeft, behalve voetbal. Abdelrahman speelt op het voetbalveld juist de sterren van de hemel, maar de dingen die Mohammed leuk vindt noemt hij 'onbelangrijk' en 'tijdverspilling'. Hij praat liever over God en de toekomst.

Over dat laatste maakt Mohammed zich wel zorgen. Zittend op het dak, terwijl de kou van de betonnen vloer langzaam in zijn billen trok, vertelde hij Abdelrahman over de wens van zijn vader dat hij, als oudste zoon, de kruideniers-zaak overneemt.

'Het winkeltje is al twee generaties in de familie. Ik weet niet beter dan dat mijn opa zijn leven lang tussen de smalle schappen slofte, tot mijn vader de zaak overnam. En nu staat hij iedere dag van 's ochtends vroeg tot 's avonds laat tussen de stoffige planken en zoemende koelkasten om biscuitjes en lauwe yoghurt te verkopen, en de straat van zakjes chips en bouillonblokjes te voorzien.'

'Maar dat is toch juist mooi?' zei Abdelrahman terwijl hij met zijn hand even door zijn baard streek. Dat met een diepe frons door zijn baard strijken is een nieuwe gewoonte waar Mohammed maar moeilijk aan went. Die baard maakt zijn vriend in één klap jaren ouder.

'Het is een familiezaak,' vervolgde Abdelrahman. 'Dat is iets om trots op te zijn. Iedereen kent je vader en je opa. Net zoals mijn vader, de apotheker. Ik zou het een eer vinden hem op te mogen volgen.'

'Nou, ik heb helemaal geen zin om dag en nacht in die winkel te staan. Het werk is doodsaai. Zesenhalve dag per week in een ruimte zo groot als een dobbelsteen! Dat houd ik echt niet vol,' zei hij.

Terwijl Abdelrahman nors zweeg, dwaalden Mohammeds gedachten weer af naar zijn vader. Misschien zou hij iets aardiger over hem moeten zijn en hem na school wat vaker moeten helpen. Maar hij is altijd zo streng! Ook voor zich-zelf. Hij houdt de winkel tot laat open zodat hij zelfs de laatste klanten kan bedienen. En dan nog kunnen ze amper rondko-men. Op het heetste punt van de dag doet hij heel kort een middagdutje op de bank in het nauwe appartement, een paar verdiepingen boven de winkel. Alleen op vrijdag is de winkel in de ochtend en aan het begin van de middag even dicht, zodat hij met Mohammed en Abdou braaf naar het middaggebed in de moskee kan.

'Maar wat zou je dan willen worden?' vroeg Abdelrahman opeens.

Mohammed aarzelde. *Danser!* wilde hij wel uitroepen. *Niet zomaar één. Nee, een echte kunstenaar in de moderne dans!* Maar hij zweeg en keek dromerig voor zich uit.

Als zijn broertje niet in de kamer is doet hij zijn oordopjes in en beweegt sierlijk op de muziek. Hij draait met zijn armen, duikt in elkaar en strekt zich weer uit, beweegt zijn benen en gooit een voet in de lucht, springt en landt weer zacht, stil zodat niemand in huis het merkt. Behalve Layla dan. Zij heeft een opmerkelijk gevoel voor timing. Ze is meestal gesloten en met haar eigen dingen bezig, maar het lijkt of ze iedere keer aanvoelt wanneer Mohammed aan het dansen is. Dan glipt ze snel zijn slaapkamer in en kijkt hem met ondeugende twinkelogen aan, waarna ze haastig de deur sluit en die met haar forse achterwerk blokkeert zodat iemand wel een stormram moet hebben om nog binnen te komen. Nee, slank en sierlijk is Layla niet. Wel razend slim. En ze weet gelukkig hoe ze een geheim moet bewaren. Naast Abdelrahman is Layla Mohammeds grootste steun en toeverlaat. Alleen zij weet van zijn grote droom om danser te worden en ze moedigt hem altijd aan.

'O Mohammed, je danst zo prachtig,' fluistert ze dan terwijl ze haar kont nog wat steviger tegen de deur aan drukt. 'Ga door!'

En ze volgt zijn bewegingen terwijl hij de kleine kamer laat veranderen in een disco, een traditioneel dorpsfeest of het grote operagebouw van Cairo, dat ze beiden nooit in het echt hebben gezien en alleen kennen van televisie. Hij wil even groot worden als de dansers die hij in de filmpjes op YouTube heeft gezien. Hij kan hun namen amper uitspreken, maar in zijn dagdromen kopieert hij hun bewegingen feilloos en ontvangt hij de ene na de andere staande ovatie.

'Nou?' vroeg Abdelrahman ten slotte ongeduldig. 'Wat wil je dan worden?'

Maar Mohammed durfde zijn droom niet met zijn vriend te delen, bang dat hij voor dwaas of watje zou worden uitgemaakt. Zwijgend haalde hij zijn schouders op.

De cola is op. Mohammed knijpt het blikje plat en gooit het op de grond, bedenkt zich dan, pakt het op en loopt met het gedeukte blikje in de hand het park uit. De stad komt tot leven. Het verkeer is op gang gekomen. Motoren ronken en dieseldampen stijgen uit busjes en motors op. Verkopers rijden langs op ezelskarren terwijl ze om hun komst aan te kondigen met een hamer op gasflessen slaan.

Hij gooit het blikje in een kapotte vuilnisbak en ziet schouderophalend hoe het verfrommelde metaal rammelend weer op straat valt. Traag loopt hij naar huis. Als hij bij het begin van de straat is aangekomen waagt hij nog een korte sprint. Dan stormt hij de trappen op en drukt hard op de bel. Zijn broertje doet slaperig open. Hij moet over een halfuur al naar school maar heeft altijd problemen met opstaan.

Het is donker en benauwd in de woonkamer. Mohammed loopt naar de ramen en gooit de luiken een voor een open. Dan loopt hij het keukentje in waar zijn moeder al zwetend achter het fornuis staat. Hij drukt een kus op haar plakkerige voorhoofd terwijl hij 'goedemorgen, moeder aller moeders' zingt.

'Een nog veel mooiere morgen voor jou, zoon van me,' zegt zijn moeder terwijl ze met een snelle handbeweging het vocht van haar gezicht veegt.

'Wat maak je allemaal?'

'Kip uit de oven, aubergine in tomatensaus, *kofta*...'

'Ah kofta! Mijn lievelingseten, je bent fantastisch.'

En zonder nog langer na te denken tilt Mohammed zijn moeder midden in het veel te krappe keukentje op.

'Wat doe je nou weer?' roept ze blozend. 'Ben je gek geworden?' Maar haar ogen stralen. Ze is niet lang, maar zeker ook niet licht. Mohammed moet moeite doen rechtop te blijven staan, even wankelt hij...

'Help, zet me neer!' roept zijn moeder.

Mohammed grijnst.

'Wie is de leukste zoon van het land?'

Zijn moeder rolt met haar ogen. 'O schiet op jij!' en ze geeft hem een tik tegen zijn oor.

Net op tijd zet Mohammed zijn moeder neer. Snel tilt ze een kokendhete pan van het vettige fornuis. Het is nog geen negen uur 's ochtends, maar de tomatensaus spettert alweer alle kanten op.

Twee vrienden

‘Kom op nou, Mohammed! Hier hier! Pass die bal naar mij!’ Abdelrahman gebaart wild naar zijn vriend. *Te traag, veel te traag...* Mohammed raakt de bal maar half en een tegenstander gaat er alweer mee vandoor.

‘Wat doe je?’ roept Abdelrahman geïrriteerd, maar tegelijk moet hij ook wel lachen. De verloren blik van Mohammed is te aandoenlijk.

Mohammed is een topsporter: hij rent als de beste, is ijzersterk en wint altijd met worstelen. Niet voor niets wordt hij op school ‘de leeuw’ genoemd. Maar voetbal, nee, dat is niet zijn sterkste kant.

Mohammed en Abdelrahman gaan allebei naar dezelfde staatsschool aan het eind van de straat. Ze zitten in een overvolle klas van wel vijftig leerlingen en dus komt er van leren niet veel terecht. De meester slaapt meer dan dat hij praat. Hij krijgt zo weinig betaald dat hij bijklust door na schooltijd de leerlingen thuis bijles te geven. Dat doet hij soms tot midden in de nacht. Als leerling móét je wel bijles nemen, anders leer je helemaal niets.

En wat is het gevolg? vraagt Abdelrahman zich boos af. Een doodmoeë meester, een slaperige klas en ouders die kromliggen om de hoge rekeningen van de bijlessen te betalen. Verontwaardigd kijkt Abdelrahman naar de soms luid gapende voetbalspelers op het veld. Met dikke wallen onder de ogen doet de halve klas een dutje tot de laatste bel gaat. Dan veert iedereen overeind en zit de schooldag er weer op. De meisjes kletsen en giechelen nog wat op de hoek van het smalle schoolplein, terwijl de jongens een potje voetbal beginnen. Abdelrahman doet altijd mee. Voetbal is de enige ontspanning die hij zichzelf toestaat. De rest van de tijd studeert hij en concentreert hij zich op de plichten van een goede moslim. Zijn nieuwe doel is de hele Koran uit het hoofd te leren. Dat is een enorme klus. Tot diep in de nacht reciteert hij met gesloten ogen zachtjes de ingewikkelde Arabische verzen. Soms begrijpt hij amper wat de Oudarabische woorden betekenen, maar hij zet door. God zal hem ooit voor zijn harde werken belonen, dat weet hij zeker.

Abdelrahman vindt het onbegrijpelijk dat Mohammed het geloof zo weinig serieus neemt. Zijn vriend maakt liever lol dan dat hij de Koran bestudeert. En dan dat dansen... In een flits ziet Abdelrahman hoe zijn vriend gracieus met zijn armen en benen door de lucht zwaait. Mohammed danst beter dan welke danser ook. Soms gaat hij voor de grap zelfs buikdansen. Gewoon midden op straat! Dan zet hij de muziek op zijn mobieltje op zijn hardst en schudt en draait sierlijker met zijn heupen dan de bekendste buikdanseressen van het land. Niet dat Abdelrahman naar filmpjes van die danseressen kijkt! Die halfblote buiken en veel te strakke topjes zijn hoerig en zondig. Maar als Mohammed danst, kijkt hij wel. Hij kan niet anders.

Uit de kleine speaker van het mobieltje klinkt de fluit schel en vals en de donkere ritmes van de trommels een beetje krakerig, maar Mohammed danst alsof er een compleet staatsorkest voor zijn neus staat. Zelfs zonder muziek zou hij nog de sterren van de hemel dansen! Natuurlijk is dergelijk gedrag op straat helemaal niet gepast. Dus trekt Abdelrahman zijn vriend snel aan de kant. 'Mohammed,' sist hij dan, 'dit is *aib*, onfatsoenlijk!'

Maar soms is hij zo onder de indruk dat hij geen vin kan verroeren. Dan blijft hij stil kijken, bang de betovering van het moment te verbreken.

Maar nu klooit Mohammed maar wat met de bal. Abdelrahman weet hoe hard hij zijn best doet. Hij kent hem als geen ander. Ze zijn als broers opgegroeid. Ze hebben samen soldaatje gespeeld, gevoetbald en in de moskee gebeden. Maar de laatste maanden is er iets veranderd. Het lijkt wel alsof ze sinds hun zestiende verjaardag uit elkaar aan het groeien zijn. Mohammed interesseert zich helemaal niet voor politiek, terwijl de situatie in Egypte steeds slechter wordt. Abdelrahman ligt er soms wakker van, maar Mohammed heeft het liever over meisjes en maakt de platste grappen. En wat hij zegt over de winkel van zijn vader! Abdelrahman schudt verontwaardigd zijn hoofd. Heeft hij dan helemaal geen respect? Hij begrijpt niet waarom Mohammed zo'n afkeer van die winkel heeft. Het is misschien geen droombaan, maar het is toch zeker wel een voorrecht om een familiezaak over te mogen nemen? 'God, vergeef hem,' fluistert hij terwijl hij een seconde zijn ogen sluit.

'Hé jij daar, sta je over de bekoorlijke maagden van het goddelijke paradijs te dromen of zo? Nou, je kunt je snel genoeg tussen hun boezems vlijen hoor, ik maak je af!' roept Mohammed met een grote grijns en drukke dubbelzinnige gebaren.

Abdelrahman schrikt op. Dat laat hij zich niet zeggen! Hij verovert meteen de bal en speelt hem tussen de benen van de buurjongen Ali door. Zonder moeite passeert hij Hussein en dan weet hij dat hij het weer gaat doen; hij gaat scoren.

'*Allahhhh...*' roept hij en met een knal schiet hij de bal in de linkerhoek. Met een dramatisch gebaar gooit hij zijn armen in de lucht. 'Goooaaaal!'

Onmiddellijk rennen de jongens op hem af. Ze tillen hem op en slaan hem op de schouders, behalve Mohammed, die op een afstandje blijft staan en hem lachend aankijkt.

'Hierbij presenteer ik u Abdelrahman de Onoverwinnelijke!' roept hij terwijl hij een diepe buiging maakt. Dan geven ze elkaar een klinkende high five.

Met natte haren en bezwete T-shirts lopen ze van het armoedige schoolplein naar huis. De straten zijn smal en slecht onderhouden. Je kunt nauwelijks meer zien dat het centrum van de stad ooit heel chic is geweest.

'Kom, laten we nog even bidden,' zegt Abdelrahman terwijl ze hun straat in lopen.

'Alweer? We zijn vanochtend ook al naar de moskee geweest.'

Abdelrahman zucht. 'Goed, dan ga ik wel alleen.' En daarna, iets strenger: 'Moge Allah je vergeven.'

'Oké, oké, ik ga wel mee.' Mohammed steekt zijn handen

in de lucht. 'Ik word nog eens bang voor de hel door jou.'

'God is Barmhartig en Genadig, mijn vriend,' zegt Abdelrahman op de toon van een volleerde imam. 'Hij vergeeft en zegent de gelovige die trouw tot Hem bidt.'

Dan schopt hij haastig zijn slippers uit en stapt over de drempel van de moskee om zich op de kleine binnenplaats te wassen.

Mohammed blijft even voor de ingang staan en loopt dan gedwee achter hem aan.

'Was je oren beter,' merkt Abdelrahman met een schuine blik opzij op terwijl hij met systematische bewegingen snel zijn handen, polsen en oren wast. Hij brengt wat water naar zijn neus en snuit drie keer.

'Hoezo? Ik ben nog niet eens droog achter m'n oren van de vorige keer,' protesteert Mohammed. Maar hij strijkt toch nog een keer extra met zijn vingers langs zijn oren.

Tijdens het gebed voelt Abdelrahman een vaag gevoel van onrust groeien. Hij kan zich nauwelijks op de verheven woorden concentreren. Haastig staat hij na het bidden op.

'Ik moet er meteen vandoor.'

Mohammed kijkt hem verbaasd aan.

'Mijn vader heeft me nodig.' En zonder een reactie af te wachten steekt hij de straat over en glipt de apotheek van zijn vader binnen. Die is juist een doos bruine flesjes van etiketten aan het voorzien.

'*Issalemu aleikum*, de vrede van God,' groet Abdelrahman eerbiedig.

'En Zijn vrede op jou,' zegt zijn vader plechtig terwijl hij met een handige beweging een sticker op een flesje plakt.

'Hoe gaan de zaken?' vraagt Abdelrahman.

'Bij God niet slecht. Maar het kan beter. Wat pijnstillers en een antibioticakuur voor de moeder van Ali. Verder is het rustig vandaag. De Heer heeft onze straat met een goede gezondheid gezegend.'

Zijn vader glimlacht maar kijkt er zorgelijk bij.

Abdelrahman kijkt naar de volle schappen in het kleine winkeltje. Pijnstillers, neussprays, zalven, pillen, alles in doosjes en pakjes, netjes op een rij. Weer amper iets verkocht. En het vervelende is dat je het niet eens erg mag vinden, want wie wenst iemand nou een ziekte toe?

'Ga je omkleden en wassen, je moeder heeft het eten bijna klaar,' zegt zijn vader. Hij wijst richting het plafond.

'Eh, papa, ik eet niet thuis vandaag,' zegt Abdelrahman terwijl hij met zijn voet over de gebarsten stenen tegels van de winkel schuurt.

'Hoe bedoel je?'

'Ik moet even weg.'

'Waarheen?'

Abdelrahman haat het om te liegen, maar hij moet wel. Hij denkt terug aan de laatste Koranles, toen de imam hem heeft geleerd dat liegen nooit is toegestaan behalve als het nodig is om in de goede strijd te overwinnen. Dit is mijn eigen jihad, denkt hij. 'We spelen een belangrijke wedstrijd met het buurtelftal vanavond, Mohammed en ik moeten er al vroeg zijn. We eten vooraf een broodje shoarma.'

'Goed, zoon, je moeder zal niet blij zijn maar ga maar. Hier heb je wat geld voor het eten.'

Met trage bewegingen opent zijn vader een laatje onder de toonbank en haalt er een stalen kistje uit. Hij opent het slot en overhandigt hem vijf pond.

Abdelrahman slikt; zijn vader is te goed voor deze wereld. Hij wou dat hij hem de waarheid kon vertellen, maar zijn vader maakt zich al zoveel zorgen. Hij is in de afgelopen maanden snel ouder geworden. Zijn haren worden grijs en zijn handen trillen steeds meer. Hij zou zich onnodig zorgen maken als hij wist waar zijn zoon mee bezig is.

'Moge Allah je de overwinning schenken,' zegt zijn vader.

'Dank je, papa.' En weg is hij weer.

Hij sprint de straat uit en glipt de hoek om. Hopelijk heeft niemand hem gezien, ook Mohammed niet. Die kan soms veel te nieuwsgierig zijn. Hij zal snel genoeg weten waar hij mee bezig is, maar nu mag hij nog niets weten. Ze hebben hem op het hart gedrukt niemand in vertrouwen te nemen: zelfs zijn vader of beste vriend niet.

Abdelrahman vertraagt zijn pas en kijkt naar de roze wolken aan de hemel. Hij haalt diep adem. De lichte zeelucht prikt in zijn neus. Hij spreidt zijn armen en gooit zijn hoofd in zijn nek. Een zwerm vogels trekt door de lucht. Hij kan het bijna niet geloven, maar het is echt waar: hij is deel van iets groots. Hoe groot weet hij nog niet precies, maar hij voelt aan elke vezel in zijn lijf dat er ieder moment iets kan gaan gebeuren waardoor alles anders wordt. Abdelrahman haalt nog eenmaal diep adem en werpt een korte blik omhoog naar de grenzeloze hemel. Dan begint hij weer te rennen.

Omdat het is zoals het is, of zoiets

http://confessionsofanegyptiannerd.blog.org

First blogpost published at 21/01/2011 6.15 PM
Title 'Here we go!'

Full text >>

Hallo miljoenen mensen op het internet.

Dit is dan mijn blog-debuut. Ik kan jullie niet vertellen hoe spannend ik het vind om voor het eerst in mijn leven echt voor een publiek te schrijven!

Toen ik nog een jong meisje was hield ik al een dagboek bij, maar vandaag waag ik eindelijk de grote stap. Ik wil niet meer alleen schrijven voor mijn eigen hart. Ik wil mijn gedachten met jullie delen. Nou ja, als er een jullie is. Ik weet natuurlijk helemaal niet of er wel iemand interesse in mijn digitale schrijfsels heeft. Ik hoop het. Als God het wil, zeggen we hier dan. O, nu ik het toch over God heb; zal ik maar direct mijn eerste grote geheim opbiechten? Ik weet eigenlijk helemaal niet of ik wel in God geloof.

Dit Is een gevaarlijke uitspraak en als God wel bestaat zal hij me er waarschijnlijk streng voor straffen. Dus misschien hóóp ik vooral dat hij niet bestaat want dan kom ik tenminste niet in de problemen, hoewel het natuurlijk ook wel erg mooi zou zijn als hij er wel is. Soms is het beter om ongelijk te hebben en te bidden om genade. Ik ben moslim, geboren in een gelovige familie van alleen maar moslims. Mijn vader en broertjes gaan iedere vrijdag naar de moskee. Ik niet. Ik heb als vrouw maar weinig te zoeken in dat zweterige gebedshuis. Daarbij, tot wie moet ik bidden? De God waar ik niet in geloof (of misschien toch een beetje)? De moskee heeft wel een vrouwensectie maar die is heel krap en smal en daar komen alleen maar klagende oude vrouwtjes die volgens mij vooral zo snel mogelijk dood willen. Ik niet, hoor. Ik houd van het leven. En daarom blog ik ook. Want er zijn heel wat zaken in dit leven die me flink dwarszitten.

Ik schrijf in het Engels zoals jullie merken. Dat komt omdat ik erg benieuwd ben naar hoe mensen buiten mijn land, Egypte, tegen de dingen aankijen. Ik ben nog nooit over de grens geweest! Tot nu toe ben ik niet verder gekomen dan de hoofdstad Cairo en een paar tripjes naar de Rode Zee. Mooi hoor, en ook wel anders dan mijn geboortestad, maar het blijft Egypte. Hier gaat alles op een eigen, zeg maar gerust eigenwijze, manier. *Walk like an Egyptian,* noemen ze dat. Ha! Ondertussen loopt ons land zo op de rest van de wereld achter dat je het beter kruip *like an Egyptian* kunt noemen.

Er is ook een andere reden waarom ik in het Engels schrijf. Het geeft me meer vrijheid want dan kunnen de veiligheidsdiensten me niet zo goed volgen. *haha* Ze zijn zo dom! De meeste van die idioten zijn niet eens naar school geweest! Agressieve kleerkasten zijn het, met de herseninhoud van een abrikozenpit. Of wat zeg ik? Een doperwt! Maar ik moet evengoed wel voor ze oppassen, hoor. Een leven in de Egyptische gevangenis is geen pretje! Onze overheid is echt barbaars.

Maar voor ik aan een woest betoog begin over onze arrogante regering die van dit land een puinhoop maakt, kan ik beter eerst wat meer over mezelf vertellen misschien. Ik heet Joyce. Nou ja, niet in het echt. Maar ik kan niet zomaar mijn echte naam op het web zetten, dat is veel te gevaarlijk.

(O trouwens, beste veiligheidsagent die wel een jaar naar school is geweest en nu deze blog leest: doe geen moeite. Ik ben een nerd. Dus mijn IP-adres heb ik gemuteerd, mijn persoonlijke gegevens gefingeerd, mijn Facebookaccount vergrendeld en mijn webhosting omgeleid via Texas USA, dus: *track me, baby, you won't find me.* Achterlijke loser.)

Ah, heerlijk om dit gewoon eens op het internet te kunnen zetten! Sorry voor mijn grove taal soms, beste volger(s?!). Ik kan er ook niets aan doen. Er zit soms zoveel agressie in me! En ik kan er geen kant mee op. Voor ons, vrouwen, is het niet gepast om te boksen, of op straat lekker een rondje te rennen of een potje voetbal te spelen. Het is eerlijk gezegd ronduit verstikkend om in dit land een vrouw te zijn. Wat ben ik soms jaloers op mijn twee broertjes! Maar ja, die hebben ook zo hun issues, hoor. Zo wil mijn vader per se dat mijn oudste broertje onze kleine winkel overneemt in straat X in stad Y (deze gegevens kan ik natuurlijk niet met jullie delen). Maar mijn broer is eigenlijk een danser. En wat voor één! Dit klinkt misschien raar, maar als hij begint te dansen is het alsof de wereld even stilstaat en alle grenzen worden opgeheven. Dan waan ik me niet meer in dit kleine flatje in straat X in stad Y dus, maar dan stel ik me de grote danszalen en theaters van Parijs voor, of Sydney of een van die andere steden waar mensen wél vrij zijn en een vrouw gewoon kan doen en laten wat ze wil – denk ik. Dat zeggen ze in ieder geval altijd op televisie en dan doen ze daar heel vies en naar over, maar het lijkt mij heerlijk om, ook al is het maar voor één dag, te voelen hoe het is om echt helemaal vrij te zijn.

En voor mijn broertje zou dat ook goed zijn. Dan zou hij niet die saaie winkel van mijn vader over hoeven nemen en gewoon zijn dromen kunnen volgen. Hij is zo lief, echt. En knap! Hij is heel gespierd, supersterk en heeft heel mooie lichte ogen. Blauwgrijs. Ik niet. Ik ben eh... wat voller, zeg maar, en heb gitzwarte ogen. Niet dat ik het erg vind hoor, dat ik wat ronder ben. Het oogt wel gezellig en o ja, ik ga me dus echt niet mooi maken voor een man. Degene die met mij wil zijn houdt maar gewoon van me zoals ik ben. Ik heb andere kwaliteiten dan het hebben van een wespentaille.

Het jongste broertje in huis is echt een pestkop. Ik heb het niet zo op hem. Hij steekt altijd zijn neus in andermans zaken – de mijne dus – en is echt een verwend moederskindje. Typisch zo'n prinsje dat nu al praatjes heeft en op een compleet foute manier naar meiden kijkt. Mijn oudste broertje is heel anders. Die gaat heel respectvol met vrouwen om. Misschien wel iets te respectvol. Soms ben ik bang dat hij... Maar nee, laten we het daar maar niet over hebben. Dat zou gewoon een ramp zijn.

Mijn moeder is heel lief maar altijd druk. Ze kookt dag en nacht. En dat eten werk ik dan naar binnen, hoe kom ik anders zo mooi rond? *haha* Mijn vader heeft dus een winkel. Hij is streng. Erg streng. Ik weet niet of ik hem nu moet haten of juist lief moet hebben. God zal wel het laatste zeggen, maar die hoor ik niet zo duidelijk. Over deze en vele andere zaken ben ik nog steeds in hoog beraad.

Gelukkig ben ik de slimste thuis – en de oudste (al scheelt dat maar een jaartje) – dus lukt het me redelijk om toch mijn eigen dingen voor elkaar te krijgen. Zo mag ik na lang zeuren straks *computer science* gaan studeren aan de Amerikaanse universiteit in deze stad. Zo'n studie kost mijn vader een vermogen, een waar fortuin eigenlijk, maar met mijn torenhoge cijfers en aankomende topscore op het landelijk eindexamen (ik zeg: dat wordt 99% – eitje) moet hij me na de zomer wel naar de beste universiteit laten gaan. Dus Allah, als u toch bestaat: bedankt voor mijn hersens. Ik ben er erg content mee (hopelijk heb ik hier weer wat mee goedgemaakt, ik heb Gods zegen in dit toch al ingewikkelde leven hard nodig **fingers crossed**).

Goed, ik zit na te denken over wat ik nog meer kan schrijven. Ik ben gewend om computerprogramma's te schrijven *haha* maar bloggen bevat net wat minder cijfertjes. Ik kan jullie niet vaak genoeg zeggen – als er dus een jullie is – hoe opgelucht ik me voel (saai hè, in de wetenschap noemen ze dit de kracht van de herhaling). Maar weet je, het voelt voor mij als een echte stap vooruit. Eindelijk doe ik iets! Eindelijk doorbreek ik het grote zwijgen en zeg ik gewoon waar het op staat. En dat is, dames en heren, lieve volgers (*thank you, thank you*, ik ben jullie zo dankbaar), dat in dit land allerlei dingen gaan zoals ze gaan zonder dat iemand uit kan leggen waarom dat zo is.

Nou ja, door onze gehate heren politici en vele baardige imams en strenge vaders worden natuurlijk genoeg redenen voor de loop der dingen aangevoerd. Zo zou alle shit nu eenmaal de wil van God zijn of simpelweg bij onze cultuur horen. Maar ik vraag jullie: is het de wil van God dat iedereen die hier een kritische vraag stelt in de bak belandt? Dat mensen nergens vrij kunnen zijn, niet eens in hun eigen huis, waar een lieve jongen zoals mijn broertje moet oppassen dat zijn vader (mijn vader dus *zucht*) hem niet betrapt terwijl hij danst? En betrapt op wat eigenlijk? Ik zou zelf ook wel willen dansen. Vooral op hiphop, maar dat kan ik in dit huis niet eens draaien! Dus luister ik er altijd stiekem naar met mijn koptelefoon op terwijl ik mijn huiswerk maak. Knal ik zo door de opdrachten heen! En mijn vader zich maar afvragen hoe ik aan die hoge cijfers kom. ☺ Tupac, Eminem, Dr. Dre, Usher, Snoop Doggie Dog; ik ben jullie eeuwig dankbaar – voor zolang de eeuw duurt. *LOL*

Ik kan nog wel veel meer voorbeelden geven van dingen die hier maar gewoon gebeuren zonder dat iemand er zelfs maar verbaasd over is. Geweld, corruptie, vuile politieke spelletjes, sociale controle, de lijst is lang. En toch hou ik van dit land. Het heeft iets te maken met de mensen, denk ik. Ze zijn onmogelijk, maar de meesten doen zo hun best!

Zoals mijn vader: ja, hij is streng en hard, maar tegelijkertijd werkt hij altijd voor ons, voor mij – en mijn dure studie. Het gaat helemaal niet goed met de zaak, maar klagen doet hij nooit. Hij heft zijn hoofd op en werkt gewoon nog wat harder door, houdt de winkel nog wat langer open en zorgt ondertussen ook nog voor alle armen in de straat. Soms zie ik hem 's avonds langs de huizen gaan om voedselpakketjes bij de bewoners onder de trap af te leveren. Ja, onder de trappen van onze flats wonen hier zogenaamde deurbewakers – *bawwabs* noemen we die – met hun gezin. Ze houden het trappenhuis schoon en doen kleine klusjes voor de bewoners van de flat. Soms wonen er gezinnen met wel vier of vijf kinderen in zo'n zelfgebouwd hok onder de trap. En dat op nog geen twee vierkante meter! Ze hebben geen water en koken op een gaspitje alsof ze aan het kamperen zijn. Kijk, zo erg is het dus gesteld met een deel van het volk in mijn land. En dat terwijl even verderop sleeën van auto's langsscheuren. Waarom die enorme verschillen? Omdat het is zoals het is, of zoiets... Niemand die zich echt druk maakt om onze armen.

Maar er zijn mensen die het nog veel moeilijker hebben, deze gezinnen hebben tenminste nog een trap boven hun hoofd. Anderen slapen in de goot, tussen bergen rottend afval en donkerbruin rioolwater (ik word al misselijk als ik eraan denk *zucht*). Maar als ik mijn vader dan 's avonds langs de flatjes zie lopen en met al die armen een praatje zie maken, ben ik dus stiekem een beetje trots op hem. Niet dat hij dat ooit te weten komt. We zitten al op elkaars lip, het moet niet te knus worden *brrr*.

Hoewel mijn vader op zijn manier zijn best doet, is er natuurlijk veel meer voor nodig om te zorgen dat de situatie in dit land echt verbetert. Iedereen zou zich het lot van de armen aan moeten trekken; het zou een belangrijk gespreksonderwerp moeten zijn. Dit land heeft een complete metamorfose nodig! Ik zou eigenhandig wel een bak koud water over al die luie slaapwandelaars willen gooien, SPLETS! Hardhandig wakker schudden die boel!

Gelukkig zijn er meer mensen zoals ik. Steeds meer. Weten jullie dat het de afgelopen maanden flink rommelt in Egypte? Er zijn demonstraties geweest omdat twee politieagenten op klaarlichte dag een jonge ICT-nerd als ik (Khaled Said heette hij) hebben vermoord! Zo griezelig. Ik heb hem wel eens in een internetcafé achter zijn laptop zien werken! Zijn vrienden hebben de foto's van zijn verminkte lichaam op het internet verspreid. Voordat de veiligheidsdiensten het doorhadden, was er al een pagina op Facebook voor hem aangemaakt: de 'Wij zijn allen Khaled Said'-Facebookpagina. Ik heb de foto's direct gedeeld en de pagina geliket. En natuurlijk ben ik ook lid van de groep geworden. Niet een heel actief lid, ik bedoel, het is niet zo dat ik naar vergaderingen ga, maar ik bemoei me wel flink met de digitale discussies. Alle volgers willen verandering. Iedere dag is er wel een post waar ik een dikke duim onder zet of op reageer.

En we hebben geprotesteerd. Nu is dat natuurlijk verboden in dit o zo vrije landje, maar de organisatoren hadden een list bedacht. Omdat je door de politie al gearresteerd (en gemarteld) kunt worden als je op straat met meer dan drie mensen bij elkaar staat, stond iedereen netjes twintig meter uit elkaar. Ik ook. Nerveus stond ik op de boulevard, met twintig meter links en rechts van mij een ander lid van de Facebookgroep. We waren allemaal in het zwart gekleed, als teken van rouw, en hadden afhankelijk van ieders geloof een koran of bijbel in de hand. Ik droeg dus maar een koran, al had ik liever mijn studieboek bij me gehad. Daar heb ik meer mee. Maar ja, dat is natuurlijk niet zo respectvol tegenover Khaled. We praatten niet met elkaar en maakten geen oogcontact. Want dan zou de politie kunnen zeggen dat we stiekem toch samenschoolden. Ik weet tot op de dag van vandaag niet wie mijn buren waren. Toch voelde ik mij enorm met hen verbonden. We keken uit over het water en herdachten Khaled Said en de andere onschuldige burgers die op klaarlichte dag zomaar zijn vermoord. Ik heb zelfs wat traantjes gelaten, echt (en dat terwijl ik normaal heel koelbloedig ben, ik zweer het je). Het was een stil protest waarbij geen enkele wet werd overtreden. Natuurlijk hadden die achterlijke agenten wel door dat we tegen hen en hun vuile spelletjes protesteerden maar ze konden niets tegen ons beginnen. We deden niets. Zeiden niets. Maar stonden daar wel als zwarte dodenwachters op de boulevard. In Cairo gingen mensen ook de straat op en deden precies hetzelfde, maar zij stonden langs de oever van de Nijl en keken uit over de rivier. De Nijl is het symbool van leven in Egypte. Zonder die rivier waren we één grote zandbank. Eigenlijk is dat uitkijken over het water dus heel symbolisch. Zonder creatieve en intelligente mensen als Khaled Said zijn we een land zonder levensadem of ziel. Een droge zandbank, figuurlijk gesproken.

Maar ook na de moord op Khaled Said en de acties die daarop volgden, zijn er nog steeds veel te veel mensen in dit land die zwijgen of angstig wegkijken. Lafaards, dat ze zijn! Het is tijd voor actie! Daarom roepen duizenden leden van de Facebookgroep nu op om aanstaande dinsdag, 25 januari, te gaan demonstreren. Dat is de nationale vakantiedag ter ere van de politie en een perfect moment om die gruwelijke monsters eens een poepie te laten ruiken. Ik ben helemaal voor, maar ben bang dat ik niet aan de demonstraties mee mag doen. Mijn vader is een echte *pain in the you know what* als het om zulke dingen gaat. Niet alleen wil hij onder geen beding dat wij ons met politieke zaken bezighouden; hij doet al moeilijk als ik gewoon de straat op wil. Toen met die protesten tegen de moord op Khaled Said ben ik stiekem uit huis geglipt. Mijn vader wist van niets en kwam er pas aan het eind van de dag achter. Maar sindsdien heeft hij de bankschroef flink aangedraaid en volgt hij elke stap die ik zet (voel me helemaal verstikt, man!). Volgens hem hoort een meisje niet te veel buiten de deur te zijn, dat zou maar rare ideeën geven bij de buurtbewoners. Alsof ik ook maar enigszins in de 'zondige praktijken' geïnteresseerd ben waar hij zo bang voor is. Nee echt, mijn lichaam is niet gratis. Laat een goede man me eerst maar eens het hof maken, dan praten we daarna wel verder. Maar nu moet ik terug naar mijn huiswerk en, o modder, mijn moeder roept me, ze wil dat ik haar kom helpen in de keuken. Nog zoiets: DAT IS OMDAT HET IS ZOALS HET IS, OFZO. Mijn broertjes worden nooit geroepen als het om het bereiden van de dagelijkse bergen kip, rijst en groenten gaat. Maar ja, *this is Egypt.* Hier gaan de dingen dus zoals ze gaan. *Alright*, ik duik zoals het een goed Egyptisch meisje betaamt de keuken in! Veel dank aan wie dit ook maar leest. Je kunt hieronder reageren – als je in Egypte woont gebruik dan een andere naam, hè! *Screw those assholes* van de geheime dienst.

I love you all.

Joyce

<<End full text

Comments (none)

Met een lichte trilling in haar vinger klikt Layla op de button <**send**>.

En daar gaat-ie dan, haar eerste echte blog, gewoon online! Helemaal zichtbaar voor de hele wereld. Haar hart bonst in haar keel. De emoties gieren door haar lijf: ze is zenuwachtig en euforisch tegelijk. *Dit is het dan! Ik ben een echte blogger! Een activist.*

Heimelijk geeft ze zichzelf een schouderklopje: o nee, Joyce, want nu woont ze immers in Texas. 'Hello Houston,' mompelt ze met een overdreven Amerikaans accent en ze giechelt. Ah, ze is echt te slim voor deze wereld. Heerlijk. Jammer dat ze met al haar briljante intelligentie nog geen oplossing voor haar nu luid haar naam gillende moeder bedacht heeft. Een kookrobot zou wel wat zijn. Met een mooi schortje en hoofddoekje om. Blijft het toch een vrouw.

De date – part 1

Uitgelaten zit Samya aan het ontbijt. Haar moeder kan het haast niet geloven. Ze eet twee hele eieren, een broodje bruine bonen en bladerdeeg met witte kaas.

'Maar lieverd, zoveel heb je in geen tijden gegeten!' zegt ze blij.

Samya slaat haar ogen verlegen neer en neemt snel nog een hap plat brood met fetakaas, olijven en komkommer.

Nu ze haar eetlust terug heeft lijkt het wel alsof ze niet meer kan stoppen. Ze is opgelaten en nerveus tegelijk. Normaal reageert ze op spannende gebeurtenissen door juist niet te eten, maar nu... Wat heeft ze een lekker stevig ontbijt gemist!

Ze kan het nog steeds niet geloven, maar het is echt waar: vandaag heeft ze een date. Gisteren lag ze nog te huilen onder haar kussen, maar nu springt ze haast een gat in de lucht. Als ze aan hem denkt voelt ze een warme gloed op haar wangen en ondeugende kriebels in haar buik. Maar daar komen de zenuwen weer. Onmiddellijk is haar eetlust verdwenen. Snel schuift Samya haar bord opzij.

Haar moeder kijkt teleurgesteld. Bij haar gaat de liefde door de maag. Soms heeft Samya het gevoel dat haar moeder haar nog het liefst tonnetje-rond zou zien. 'Wat is dat nou?'

vraagt ze ontstemd. 'Je was juist zo goed bezig!'

Samya zucht. 'Kijk dan hoeveel ik heb gegeten, mama.'

Haar moeder kijkt naar de geplunderde ontbijttafel en knikt, ze is overtuigd – al is ze niet helemaal tevreden.

'Nog één hapje! Eet wat druiven!' moedigt ze Samya aan.

Braaf eet Samya nog twee trosjes druiven, tot ze echt geen pap meer kan zeggen en haar moeder haar met een luide zucht van tafel laat gaan.

Samya duikt haar kamer in en staart dertig hele minuten in haar kleine kledingkast. Ze weet niet wat ze aan moet trekken. Het is ook allemaal zo snel gegaan.

Toen haar moeder haar gisteren vroeg om even naar kruidenier Sayed te gaan voor een halve liter dikke yoghurt, bouillonblokjes en twee zakjes kruiden, was ze onmiddellijk vertrokken.

Ze kent het winkeltje goed. Elke dag als ze langs de smalle deuropening loopt, blijft ze zo onopvallend mogelijk staan in de hoop een glimp van Sayeds oudste zoon op te vangen. Als ze er boodschappen moet doen – iets wat helaas lang niet elke dag zo is – loopt ze zo snel als maar gepast is de straat over en gaat ze opgewonden de winkel in. Soms tuurt ze uren uit het raam in de hoop Mohammed langs te zien komen. Meestal loopt hij arm in arm met zijn beste vriend Abdelrahman, die sinds een paar maanden zijn baard laat staan. Haar oom zegt dat ze voor die vrome jongen met zijn pluizige baard op moet passen. 'Zulke fanatiekelingen zien geen plaats in dit land voor ons christenen,' moppert hij dan, waarna hij snel een kruisje slaat en een kort gebed prevelt. Meestal iets als: 'O God, bescherm ons en Uw kerk.' Dan richt haar oom zijn blik weer doodleuk naar de televisie en heeft hij geen aandacht meer voor haar.

Maar Mohammed is anders. Wanneer hij in de winkel werkt, vindt ze altijd snoepjes en biscuitjes in de gekleurde plastic tasjes met boodschappen. Ze weet niet waarom hij dat doet, maar het geeft haar een warm gevoel.

Samya vindt hem ongekend knap. Ze moet glimlachen als ze hem over straat ziet lopen. Hij loopt zo licht dat het lijkt alsof zijn voeten de grond niet raken. Alsof hij danst.

Maar meer nog is ze verliefd op zijn blik. Mohammed heeft dromerige, blauwgrijze ogen die haar aan haar vader doen denken en haar het gevoel geven dat hij nog in leven is. Als Mohammed haar met die zachte uitdrukking op zijn gezicht aankijkt, lijkt het alsof hij alleen oog voor haar heeft, en er geen andere mensen op aarde zijn. Die momenten van betovering duren meestal maar heel kort omdat zij kuis haar blik afwendt en hij dan onhandig tussen de plankjes en dozen begint te rommelen, maar in haar dromen laat zijn blik haar niet los en wordt dat kriebelende gevoel in haar buik steeds sterker.

Dan staat haar hart regelmatig stil. Want hoe leuk ze Mohammed ook vindt en hoe lief hij ook doet, er is een probleem; een groot probleem. Mohammed is moslim. Haar moeder zou een hartaanval krijgen als ze wist dat ze hem leuk vindt en ze hoeft maar aan haar oom te denken om instinctief in elkaar te krimpen. Hij zou nooit accepteren dat ze met hem omgaat, al is het maar om samen een kopje van de thee te drinken die ze in de winkel van de Sayeds koopt. Maar waarom eigenlijk niet? Ze doet toch niets verkeerd?

Ze doet altijd braaf wat haar moeder en oom haar opdragen. Maar vandaag zal haar wil het van haar angst winnen. Terwijl ze snel controleert of haar moeder niet in de buurt is haalt ze voorzichtig het verfrommelde papiertje onder haar kussen vandaan. Liefdevol strijkt ze met haar vingers over de haastig gekrabbelde letters. Ze leest het briefje, herleest het en leest het nog een keer, al kan ze de inhoud wel dromen.

Wil je morgenmiddag om drie uur een wandeling maken langs de Corniche? Ik wacht bij de grote moskee. Groetjes, M.

Ze schrok zich dood toen ze het briefje tussen de kruiden vond. Haar moeder kwam net de keuken binnen. Haastig en met een flinke blos op haar wangen propte ze het in haar broekzak.

'Wat sta je daar raar?' vroeg haar moeder nog.

'O, er is niets, mama,' zei ze snel. 'Hier zijn de boodschappen.' En ze liep snel naar haar slaapkamer.

Maar nu zwelt haar borst van trots. Mohammed wil met haar wandelen, met haar! Ze weet niet wat er gaat gebeuren en hoe haar familie zal reageren als ze erachter komen, maar zij gaat er natuurlijk voor zorgen dat dat niet gebeurt.

Maar gaan zál ze. Voor één keer. Gewoon om te voelen hoe het is. Haar eerste afspraak met een jongen, met een prachtige, knappe jongen! Samya's dag kan niet meer stuk.

Ze staart nog steeds naar de inhoud van haar kledingkast. Dan neemt ze een besluit. Voorzichtig pakt ze een spijkerbroek en een dunne blauwe trui van een plank. Of nee, zo is ze wel erg blauw. Snel wisselt ze de trui in voor een rode. Zo, daar steekt haar huid mooi bij af. Nu haar haren nog. Die wil ze het liefst los doen, maar Mohammeds zus Layla draagt een hoofddoek, dus misschien is het beter als ze haar haren niet al te opvallend draagt. Ze draait haar dikke krullen in een kunstige knot die ze zonder een elastiekje te gebruiken met haar eigen haar vastbindt. Ze glipt de badkamer in en gaat voor de gebarsten spiegel staan. Haar ogen glinsteren tussen de scherpe randen van de scherven. Tot haar eigen verbazing vindt ze zichzelf heel even best een mooie vrouw. Ze zucht opgelucht. En nu maar wachten. Het is nog lang geen drie uur.

Dit wordt een lange dag, denkt ze terwijl ze naar de oude klok aan de betegelde muur staart. Ze maakt zich los van de spiegel en gaat naast haar moeder op het bankje in de kleine woonkamer zitten. En dan geeft ze tot haar eigen verbazing haar moeder zomaar spontaan twee zoenen. Op beide wangen één.

De date – part II

Mohammed weet niet wat hem heeft bezield. Hoe kwam hij erbij om Samya mee uit te vragen? Dat schichtige mooie meisje aan de overkant van de straat is een christen! Als die oom van haar erachter komt... Of zijn eigen vader! Ze zouden razend zijn. Mohammed weet niet voor wie hij banger is.

Het leek hem eerst nog zo'n goed idee, een afspraakje met het mooiste meisje uit de buurt. Want daar zijn alle buurtjongens het wel over eens: Samya is in één woord prachtig. Niet dat ze dat zelf doorheeft. Daar is ze veel te bescheiden voor. Ze is verlegen. Kuis. Deugdzaam. Goed opgevoed. Niemand heeft ook maar iets op haar aan te merken. Maar ze is dus christelijk. En dat alleen al maakt iedere vorm van contact meer dan problematisch. Het is voor een christelijk meisje totaal niet gepast om met een islamitische jongen om te gaan. Mohammed balt onbewust zijn vuist. Andersom zou hij nooit accepteren dat een christelijke jongen zijn zus het hof maakt. Dat is *haram*, verboden door God. O, als iemand dat zou wagen! Maar dan ontspant hij zich en glimlacht hij schuldbewust. Hij is zelf immers geen haar beter!

Onrustig wrijft hij langs de stoppels op zijn kin. Tot voor kort zag hij Samya nauwelijks staan. Hij vond haar aardig en mooi, maar ook niet meer dan dat. Tot de praatjes op het voetbalveldje steeds vaker over meisjes gingen en zijn vrienden in de wasruimte van de moskee steeds vaker grinnikten en fluisterden. Het zette Mohammed aan het denken. *Moet ik niet ook eens een vriendinnetje?* vroeg hij zich 's avonds in bed af. Hij wilde niet voor de andere jongens onderdoen en was ook benieuwd hoe het zou zijn. Dus had hij besloten een meisje te scoren. Niet zomaar de eerste de beste natuurlijk. *Als ik het doe, doe ik het goed! Ik wil de mooiste van allemaal.* En gister had hij bedacht wie dat was: Samya! Zonder nog langer na te denken had hij een briefje tussen haar boodschappen gestopt.

Mohammed zou maar wat graag verliefd worden, op Samya, of welk ander meisje ook. Maar tot nu toe blijven de vlinders uit. Hij kijkt altijd om zich heen, checkt ieder meisje dat langskomt, volgt de spiedende blikken van de buurtjongens en probeert een beetje over meisjes te fantaseren, maar hij geeft nog steeds veel meer om Abdelrahman en de andere jongens uit de straat. Als hij aan zijn vrienden denkt ziet hij hen lachend en schreeuwend achter de afgetrapte leren voetbal aan rennen terwijl dunne straaltjes zweet vanuit hun nek langs de glimmende stof van hun verkleurde sportshirtjes glijden waaronder hun gespierde ruggen net niet helemaal verscholen gaan. Oe... Woedend geeft hij een stomp tegen de kale muur van zijn slaapkamer.

'Wat doe jij nou?' vraagt zijn broertje, dat net binnenkomt.

'Niets, helemaal niets, weg jij!' roept hij boos, maar Abdou blijft niet-begrijpend staan, waardoor Mohammed geen andere keus heeft dan het balkon op te lopen.

Hij haalt diep adem en blaast onrustig in en uit. Even sluit hij zijn ogen. *Laat gaan, Mohammed, laat gaan*. Traag glijdt hij met zijn hand over het oude ijzeren balkonhek. *Waar ben ik bang voor? Ik heb toch niets te verliezen?* vraagt hij zich af. Dan schudt hij zijn hoofd. Nee, iets te verliezen heeft hij niet en toch voelt hij zich niet helemaal zeker, want dat is het probleem met liefde: al laat het de een koud, er is altijd nog die ander wiens hart wel wordt geraakt.

Geheim bezoek

Abdelrahman loopt onrustig door de drukke straten van zijn woonwijk. Onhandig beweegt hij langs de vieze modderplassen. Vuil, overal vuil. Plastic tasjes waaien langs de zanderige gebarsten stoep. Vertrapte blikjes. In het zand zit een vrouwtje in kleermakerszit. Voor haar ligt een stapel platte broodjes die ze probeert te verkopen terwijl ze vermoeid de vliegen wegslaat.

'Kijk uit, jongen!' roept een groenteverkoper vanaf een grove houten kar met zware autobanden eronder, die door een mager oud ezeltje wordt voortgetrokken. Maar Abdelrahman heft zonder op te kijken zijn hand en loopt haastig verder.

Aan het eind van een smalle onbeduidende steeg aarzelt hij even. *Ja, hier is het,* denkt hij terwijl hij voorzichtig het piepende ijzeren hek voor een lemen flatgebouw opent.

Traag loopt hij in het donkere trappenhuis naar boven. De treden zijn gebarsten en zijn bedekt met dikke lagen stof en vuil. Een zwerfkat schiet naar beneden. Abdelrahman kan hem nog net ontwijken. Dan staat hij voor de donkere voordeur op de derde verdieping. Zacht klopt hij aan, waarna de deur een klein stukje wordt geopend.

'Wie is daar?' klinkt een stem door de smalle spleet van de deuropening.

'Abdelrahman.'

'Kom binnen.'

Er wordt aan een ijzeren slotketting gemorreld en dan gaat de deur open.

Abdelrahman knippert even tegen het licht, trapt zijn sportschoenen uit en zet ze netjes voor de deur, waarna hij op zijn sokken naar binnen loopt.

'*Issalemu aleikum,* de vrede van God,' groet hij terwijl hij snel de smalle ontvangstkamer rondkijkt. Op de twee kleine bankjes zitten vijf jongens die een beetje ongemakkelijk zijn groet beantwoorden met een '*w'aleikum issalem,* en Zijn vrede met jou'. Op één na hebben ze allemaal een beginnend baardje, net als Abdelrahman zelf. De meeste zijn niet veel ouder dan hij. Tegenover hen staat een wat ruimere stoel. Daarop zit de imam. Abdelrahman loopt op hem af en probeert zijn hand te kussen, maar de imam trekt zijn hand terug.

'Nee, nee, mijn zoon, dat is nergens voor nodig, ga zitten!' en hij wijst uitnodigend naar een van de bankjes. Snel schuiven de twee jongens opzij om plaats voor hem te maken.

Het is niet de eerste keer dat hij bij de imam te gast is. Maar iedere keer voelt hij zich weer vereerd. Dankbaar kijkt hij naar het gerimpelde gezicht van de oude man. De imam heeft een prachtige volle baard en heldere ogen die de zes jongens oplettend aankijken. Als zijn blik op Abdelrahman blijft rusten knipoogt hij. Dan staat hij op.

'Even wachten, ik laat mijn vrouw de thee brengen.'

Hij loopt richting een oud vaal gordijn. 'Oum Ali,' bromt hij, 'moeder van Ali.' Onmiddellijk volgt er beweging achter het gordijn. De stof golft even heen en weer. De imam fluistert iets tegen zijn vrouw, die aan de andere kant van het gordijn blijft staan.

Abdelrahman heeft de vrouw van de imam nog nooit gezien. Dat mag ook niet, wat dat betreft houdt de imam er strenge principes op na. Niemand heeft zijn vrouw ooit op straat gezien, zelfs niet in de alles bedekkende zwarte sluiers van de *niqaab*. Want ook van die vrouwen is bekend wier echtgenotes ze zijn. Het gezicht kan men niet zien, maar de stem vertelt alles. De imam zal nooit de naam van zijn vrouw in een openbare ruimte uitspreken, ook niet in het bijzijn van de jongens in zijn eigen huis. In plaats daarvan noemt hij zijn vrouw naar zijn oudste zoon, Ali, die als dienstplichtige soldaat in het leger zit. Abdelrahman vraagt zich af hoe de geheimzinnige vrouw van de imam eruitziet.

Dan is er weer beweging bij het gordijn. Een donkere handschoen reikt een klein dienblad met kopjes thee en biscuitjes aan.

'Moge Allah je zegenen,' mompelt de imam en met een elegant gebaar zet hij het dienblad op het tapijt. De jongens ruilen hun plek op de bank in voor een plaatsje op de stugge pollen van het tapijt en vormen gebroederlijk een kring.

'Abdelrahman, schenk jij de thee eens in, mijn jongen,' gebiedt de imam.

Onmiddellijk grijpt Abdelrahman naar de hete theepot. Hij brandt bijna zijn vingers terwijl hij met schuddende bewegingen de kleine theekopjes inschenkt. Had hij maar meer controle over zijn zenuwen! Maar hij vindt de hele bijeenkomst veel te spannend. *Wat als iemand ons ontdekt? Bijeen-*

komsten als deze zijn streng verboden!

Snel zet hij die gedachte van zich af. Hij moet vertrouwen hebben in God en Zijn dienaar. *'Strijdt voor de zaak van Allah en weet, dat Allah Alhorend, Alwetend is,'* reciteert hij binnensmonds en hij schenkt licht morsend het laatste kopje in. Gelukkig lijkt de imam zich niet te storen aan zijn gestuntel. Zacht legt hij zijn hand op die van Abdelrahman. 'Je doet het prima, jongen.'

Iedereen neemt voorzichtig een slokje van de gloeiend hete thee.

Het is niet alleen de thee die Abdelrahman een warm gevoel vanbinnen geeft. De vriendelijk lachende imam geeft hem vertrouwen.

Een paar maanden geleden nam de imam Abdelrahman na het avondgebed apart en vertelde hem dat hij hem was opgevallen door zijn trouwe moskeebezoek en verstandige vragen na het vrijdagmiddaggebed. 'Je gedraagt je anders dan je leeftijdsgenoten, Abdelrahman, je hebt een goed hart, waarvoor Allah je zeker zal belonen. Kom eens bij mij thuis, ik nodig je graag uit voor een kopje thee.'

Maar het eerste bezoek leek meer een overhoring. 'Noem de negenennegentig namen van Allah. Welke vind je de mooiste? Wat zijn de deugden van een goede moslim? Hoe vaak bid je? Wat betekent het gebed voor jou?' De imam vuurde de vragen in razend tempo op hem af, maar de twinkeling in zijn ogen verdween niet waardoor Abdelrahman toch de moed vond om ze te beantwoorden. Ondertussen knikte de imam instemmend op ieder antwoord dat hij gaf. Net toen hij zich helemaal op zijn gemak voelde en de ergste zenuwen voorbij waren, gooide de imam het echter over een heel andere boeg.

'En wat vind je van onze president?'

'Wat?' Abdelrahman verslikte zich bijna in zijn thee. Met grote ogen keek hij naar de bebaarde man, maar die lachte slechts.

'Ach mijn zoon, je hoeft echt niet bang te zijn!' Hij hield zijn vinger tegen de lippen terwijl hij iets naar voren boog. 'Ik begrijp dat je bang bent, het is heel verstandig van je dat je deze vraag niet zomaar beantwoordt, maar wat er binnen deze muren wordt gezegd blijft binnen deze muren, begrijp je?' Met een zucht hief hij zijn handen in de lucht. 'Als wij moslims elkaar al niet meer kunnen vertrouwen, welke reden zou er dan nog tot leven zijn?'

'Maar dit gaat toch om extra Koranles?' vroeg Abdelrahman beduusd.

De imam schaterde van het lachen. 'Extra Koranles? Mijn zoon, jij weet al wat er in de Koran staat. Ik heb niemand zo ernstig de heilige teksten zien bestuderen als jij! Nu is het zaak om ernaar te handelen en het heilige vuur van de Koran weer in dit land te laten branden!'

Die laatste opmerking trok Abdelrahman over de streep. 'Ik vind de president een vreselijke tiran. Hij noemt zichzelf een moslim en bidt in de grootste moskeeën, live uitgezonden op televisie zodat het volk maar vooral denkt dat hij onze rechtmatige leider is, maar de enige god tot wie hij bidt is de god van het geld. Hij en zijn kliek zijn alleen maar uit op macht terwijl het volk met lege handen staat.' Abdelrahman had nog nooit eerder zo gesproken en hij merkte dat zijn stem trilde van woede. Maar nu hij eenmaal begonnen was, wilde hij meer zeggen, veel meer en dat had hij ook gedaan als de imam hem met een kleine handbeweging niet het zwijgen had opgelegd.

Nadenkend keek de imam hem aan terwijl hij met zijn rechterhand door zijn volle baard streek. Het was een gewoonte die Abdelrahman heel geleerd vond staan en die hij overnam toen zijn baardje een beetje vorm begon te krijgen.

'Jij gaat heel veel voor je broeders betekenen, Abdelrahman,' zei de imam langzaam. 'God heeft grote plannen met jou.'

Na de eerste ontmoeting is hij nog meerdere keren bij de imam op bezoek geweest. Ze baden dan samen, lazen enkele Koranteksten en discussieerden vervolgens over de samenleving en politiek. Na enkele ontmoetingen ontdekte hij dat de imam niet alleen persoonlijk met hem kennis wilde maken, maar dat hij hem tot een geselecteerd groepje leerlingen toe wilde laten. 'Kom volgende week weer, dan stel ik je aan de andere broeders voor. Ik vorm een nieuwe groep van goede, slimme en eerlijke jongens zoals jij die niet bang zijn om zich uit te spreken over de goddeloze weg die onze leiders zijn ingeslagen.'

Dat moment is vandaag. Abdelrahman glimlacht en schudt even met zijn hoofd bij de herinnering aan de eerste keer dat hij de imam ontmoette. Toen was hij zo bang en nu is hij een van zijn leerlingen!

Ik hoor erbij! denkt hij terwijl hij zo onopvallend mogelijk naar de ernstige, stille jongens om zich heen kijkt. Twee van hen heeft hij een keer in de moskee gezien maar hij kent hun namen niet. Zijn blik blijft op een brede jongen rusten. Het lijkt erop dat hij de oudste is van het groepje leerlingen. Hij gaat in ieder geval het meest vertrouwelijk met de geestelijke om. Hij heeft een kaal hoofd en een volle pluisbaard. Abdelrahman vindt hem niet erg knap om te zien, maar dan kijkt hij op. Verwonderd staart Abdelrahman in zijn heldere groene ogen. De jongen knikt hem toe. 'Ik heet Nabil,' zegt hij.

'Maar ik heb hem Omar gedoopt,' vult de imam met een lach aan. 'Naar een van de trouwste vrienden van de profeet, vrede zij met hem.'

Nu stellen ook de andere jongens zich voor. Ahmed, Ali, Mohammed en ten slotte Sayed. Er worden handen geschud en ze knikken naar elkaar. Als de thee en de koekjes op zijn schraapt de imam zijn keel.

'Broeders, vandaag vieren wij het heugelijke feit dat Abdelrahman zich bij ons heeft aangesloten. Moge God hem zegenen met scherpzinnigheid en doorzettingsvermogen. En nu...' De imam klapt in zijn handen. 'Open jullie korans, het is tijd voor het wondere woord van onze Maker, Hij zij geprezen. Ik wil dat jullie tijdens het lezen jullie ogen scherp openhouden en goed nadenken. God heeft ons volmaakte heilige wetten gegeven waar geen mens zich aan mag onttrekken. Zeker in dit land niet.'

Runaway Bride

http://confessionsofanegyptiannerd.blog.org

Second blogpost published at 22/01/2011 9.30 PM
Title Daar komt de bruid tralala – not

Full text >>

Lieve lezers en volgers, *salem* en welkom allemaal!

Ik verheug me er al de hele dag op om me weer tot jullie te mogen richten! Als ik typ is het alsof ik vlieg. Hoog de lucht in, ver weg van dit benauwende huis, dit zanderige straatje X in de drukke stad Y, dit land vol leugens in de krant. Ik sluit mijn ogen, laat mijn vingers over het toetsenbord glijden en stijg langzaam op. Dag wereld, dag iedereen.

De schooldag is afgelopen, het eten is gekookt en het tweede deel van het weekend is begonnen! (Yeeeeeh! ☺) Bij ons op school bestaat het weekend niet uit zaterdag en zondag zoals in Europa of Amerika. Wij zijn vrij op vrijdag, de vaste gebedsdag voor moslims, en meestal ook op zondag, de rustdag van de christenen. Het is wel vervelend hoor, zo'n half-half weekend. Ben je net vrij, moet je weer aan het werk. Maar ik ben allang blij dat ik weekend heb. Er zijn hier genoeg mensen die zich zeven dagen in de week kapot werken voor een hongerloontje. *zucht* Als ik aan hen denk kan ik mijn eigen buik horen rammelen. Het is maar goed dat ik hier een zak chips heb liggen. Wordt het toetsenbord lekker vet van.

Maar het is weekend dus. Gelukkig, want ik moet echt even bijkomen. *W'allah*, bij God, ik dacht dat ik vandaag een hartaanval kreeg. Een van mijn beste vriendinnen, ik zal haar Hayem noemen, kwam in de pauze zenuwachtig naar me toe en fluisterde in mijn oor dat ze me iets moest vertellen, waarna ze me zo de wc's in trok.

Ik protesteerde nog, want niets meurt meer dan dat vieze broeierige hok, met kapotte deuren die half uit de scharnieren hangen en ondefinieerbare plassen op de grond waarvan ik niet eens wil weten waar ze vandaan komen. Maar opeens drukte Hayem me tegen de plakkerige tegeltjeswand en knalde ze haar nieuws er zomaar uit: 'Ik ga trouwen.'

Ik had geen idee waar ze het over had. Ik was zo verbijsterd over de hele situatie dat ik zelfs moest lachen. Maar Hayem keek me heel serieus aan en herhaalde het nog eens. 'Nee echt, ik zweer het, ik ga trouwen.'

'Maar met wie dan?' Ik kon er niets aan doen maar moest nog steeds giechelen. Echt serieus, *dude*, ik waande me net in zo'n Hollywood-slapstick. 'Daar komt de bruid tralala', en dan trek je je hardloopschoenen onder je suikerwitte bruidsjurk aan en ren je heel hard van dat rotaltaar weg. Lang leve *runaway bride*. Maar nee, Hayems verhaal was serieuze shit. Het stomme was dat ik alleen maar aan onze studieplannen kon denken.

En aan het feit dat we nog niet eens onze middelbare school hadden afgemaakt.

Dat zei ik dus ook. En toen begon ze zacht te huilen.

'Papa wil het,' fluisterde ze schor. 'En mama. En oma ook. Zij is op bezoek gekomen en woont nu een paar maandjes bij ons. Volgens haar is het een heel goede jongen – uit haar dorp.'

Alles was al geregeld. Het werd haar gewoon plompverloren tijdens het avondeten meegedeeld. Shit echt, daar gaat je eetlust. Doeiiii. Hayem zal deze zomer trouwen met een achterneef op het platteland die ze in haar hele leven maar één keer heeft gezien. Toen ze drie was.

'En daarna?' vroeg ik nog. 'Ga je wel studeren?'

'Nee, papa en mama zeiden dat dat niet meer nodig is aangezien ik toch snel kinderen zal krijgen.'

O, ik was kwaad, joh! Ik had wel iets kapot kunnen slaan. Onbegrijpelijk. Achterlijke idioten. Wat denken ze wel? Hayem is een van de slimste leerlingen van de school. Ik was altijd een beetje jaloers op haar. Niet alleen haalt ze net zulke goede cijfers als ik, ze is ook nog eens bloedmooi. Maar nu stond ze daar huilend in die vieze wc, doodsbang voor een huwelijk met een jongen die ze niet eens kent. Ik had zo'n medelijden met haar en schaamde me voor mijn jaloezie.

(...)

Ja, ik ben even stil. Echt stil. Ik weet gewoon niet wat ik schrijven moet. Zo stond ik overigens ook in die wc. Met een mond vol ongepoetste tanden. Uiteindelijk drukte ik haar maar tegen me aan en wiegde haar zachtjes heen en weer, als een baby. En dat is ze ook. Dat zijn we allemaal. Baby's die in naam van God daarboven en de culturele gebruiken hierbeneden gedwongen worden veel te snel volwassen te zijn.

Bllhh, ik voel me echt helemaal niet uitgelaten meer. Sorry, lieve lezers, ik denk dat ik maar stop. Want nu ik dit allemaal aan jullie vertel voel ik het bloed weer in mijn aderen koken en komt er niet veel meer uit mijn vingers. Behalve dan dat ik me zo, zo, F*CKING machteloos voel.

Joyce

<<End full text

Comments (none)

De date – part III

Zenuwachtig loopt Samya over de boulevard. Ze is te vroeg. Had ze niet expres later moeten komen? Een goede vrouw laat op zich wachten, heeft ze eens van haar vriendinnen op school gehoord. Ze heeft het wel geprobeerd, maar het lukte gewoon niet! De wijzers van de klok bewogen veel te langzaam en de muren van het krappe appartement kwamen steeds meer op haar af. Daarom is ze uiteindelijk toch maar uit huis geglipt en een uur te vroeg naar de grote moskee aan de Corniche gegaan in de hoop dat Mohammed er al zou zijn. Maar Mohammed is een stoere jongen. Die gaat natuurlijk niet nerveus over de boulevard drentelen in afwachting van een meisje zoals zij.

Onrustig gaat ze op een bankje zitten. Maar dat bleek geen goed idee. Voortdurend komen er groepjes jongens en mannen langs. Ze fluiten, joelen en roepen haar van alles en nog wat toe. Op een gegeven moment blijft er zelfs een oud mannetje voor haar bankje staan en maakt haar uit voor alles wat mooi en lelijk is.

'Laat me met rust! Laat me gewoon met rust!' roept ze. Maar er komen meteen drie jongens om haar bankje staan die haar luid uitlachen. 'Zo'n mooi meisje, helemaal alleen! Heeft je vriendje je laten zitten? Heb je een jongen nodig, schatje? Kom maar, wij willen je wel laten voelen hoe echte mannen zijn!' Lachend geven ze elkaar een high five.

Sayma slaat haar handen tegen haar gezicht. Hoe heeft ze ook zo gek kunnen zijn om te denken dat ze hier wel even op een bankje kon zitten?

Net op het moment dat de jongens wel erg dichtbij komen en ze echt nerveus begint te worden, lopen er twee stevige vrouwen naar haar toe. 'Hé, laat dat meisje met rust!' gillen ze.

Twee van de rotzakken komen in beweging, maar de derde blijft arrogant voor een van de vrouwen staan.

Dat had hij beter niet kunnen doen. De oude vrouw barst onmiddellijk tegen hem uit: 'Hoe durf je een eerzame getrouwde vrouw en moeder van drie kinderen zo te behandelen! Heb je dan helemaal niets geleerd van je moeder? Viespeuk! Onopgevoede hond. Maak dat je wegkomt of er zwaait wat!' Ze duwt de jongen bruusk opzij. Die is geen partij voor haar, want ze is zeker twintig kilo zwaarder. Zonder nog iets te zeggen druipt hij af.

'Dank u wel, tante,' verzucht Samya dankbaar.

'Wat dacht je dan ook kind, dat je hier zomaar even kon gaan zitten?' merkt de vrouw streng op terwijl ze haar fleurige hoofddoek herschikt en nu ook de bovenste knoop van haar jas sluit.

'Waar is je moeder?' vraagt de ander met een zuinig gezicht. 'Tsss, zonder hoofddoek en met je jas half open, helemaal alleen op straat. En wat zie ik daar? Je draagt een rode trui! Met een decolleté nog wel! Dat werkt toch ook als een lap op een stier. Vind je het gek dat die jongens zo wild om je heen springen? Er zijn andere manieren om aandacht te krijgen, meisje. Kom, ga naar huis, fatsoeneer je en ga je moeder helpen. Arme vrouw, dat ze zo'n dochter heeft.'

Verslagen slaat Sayma haar ogen neer. Het is niet te geloven, ze mag niets, helemaal niets. *Was ik maar een man,* denkt ze niet voor het eerst of het laatst. *Altijd maar weer die blikken, dat gestaar en geloer, dat snelle aanraken hier en daar.* Er is maar één jongen in die straat die haar nooit een verkeerde blik toewerpt en haar bij het passeren niet snel in borsten of billen knijpt... Terwijl ze aan hem denkt krult er een glimlach om haar mond. *Mohammed!*

Ze tuurt de boulevard af en ja hoor, daar is hij. Sierlijk doemt hij op in het licht van de bleke winterzon. Ze knikt voorzichtig in zijn richting en wordt begroet door het blinkend wit van zijn tanden. Rustig en beheerst komt hij op haar af.

Voor het bankje houdt hij stil. 'Hallo, hoe gaat het?' vraagt hij schuchter.

Verlegen staart Samya naar de grond. 'Goed. Met jou?' Bij de laatste vraag dwingt ze zichzelf hem aan te kijken.

Mohammed glimlacht. 'Beter nu ik jou zie. Ik hoop dat je niet te lang op me hebt moeten wachten?'

'O nee,' zegt Samya. 'Nauwelijks.'

'Je werd toch niet lastiggevallen he?'

'Een beetje,' geeft ze beschaamd toe.

'Echt? Door wie? Waar zijn ze?' Mohammed balt zijn vuisten en kijkt woest om zich heen, alsof hij de jongens het liefst een stomp zou verkopen.

'Nee, nee, ze zijn al weg,' lacht ze.

'O ja.' Mohammed lacht nu ook en blijft onhandig staan.

'Eh...' Hij weet duidelijk niet wat hij moet zeggen. Even is het stil. Dan kucht hij.

'Zullen we een stukje wandelen richting het Montaza-park?'

'Ja,' zegt Samya zacht en ze staat op.

Mohammed biedt haar geen arm of hand aan, maar loopt op gepaste afstand naast haar en houdt zijn pas duidelijk in. Samya voelt zich heerlijk. Af en toe werpen passerende voetgangers hun onderzoekende blikken toe, maar niemand durft iets te zeggen of haar lastig te vallen nu ze door zo'n stoere jongen vergezeld wordt.

Het eerste kwartier lopen ze over het grauwe beton van de Corniche zonder veel te zeggen, maar Samya vindt de stilte niet onprettig. Af en toe wijst Mohammed haar op een gekleurd vissersbootje dat net met de vangst van de dag binnenvaart of een grote oceaanstomer die langzaam aan de horizon voorbijtrekt. Naarmate ze langer lopen, wordt het minder ongemakkelijk. Mohammed vertelt over zijn passie voor hardlopen. 'Ik ren hier iedere dag!' zegt hij terwijl hij naar de uitgestrekte boulevard wijst. 'De laatste keer was het 's ochtends vroeg. Niets is zo mooi als de zonsopgang boven zee. Als de stad nog rustig is,' zegt hij met een gelukzalige glimlach.

'Dan vind je ons nu wel kruipen zeker?' vraagt Samya.

'Als slakken,' grapt Mohammed. 'Nee hoor, dit tempo is precies goed. Niet alles is een wedstrijd.'

'Gelukkig maar, want ik denk niet dat ik langer dan vijf minuten zou kunnen rennen.'

Mohammed neemt haar goed op. 'Nou, dat weet ik zo net niet hoor, je bent heel goed gebouwd.' En hij fluit ondeugend tussen zijn tanden.

'Ah, zeg dat nou niet!' Samya bloost, maar ze glimlacht toch. *Hij vindt me mooi!*

Dan vraagt Mohammed naar haar moeder. Dankbaar geeft Samya antwoord. Te veel gepraat over uiterlijkheden of haar lichaam is natuurlijk helemaal niet gepast.

'En hoe gaat het met jouw vader? Ik kom altijd graag in zijn winkel.'

'Je bent altijd welkom! De zaken gaan wel goed – God zij dank. Maar het kan beter,' antwoordt Mohammed eerlijk. 'Mijn vader wil graag dat ik de zaak overneem, maar ik zie dat helemaal niet zitten. Ik doe liever iets anders.'

'Wat zou je willen worden dan?' vraagt Samya nieuwsgierig. Maar Mohammed negeert haar vraag. Hoewel ze nu wel heel benieuwd is, dringt ze niet aan.

'Hou jij van dansen?' vraagt Mohammed dan opeens.

Samya's ogen gaan stralen. 'Ja, heel erg.' En dan zachtjes: 'Ik dans iedere dag stiekem in mijn kamer, voor de spiegel.' Ze giechelt.

Mohammed reageert verrast. 'O ja?' Hij spiedt even om zich heen en buigt zich naar haar toe. 'Ik ook.'

'Echt waar?'

'Ja.'

'Ik wil je zien dansen!'

'*W'allah*, bij God, ik zou het je graag laten zien,' lacht Mohammed. 'Gewoon hier, midden op de boulevard. Maar ja, dat is niet gepast, hè.'

Samya zucht.

'Weet je wat?' zegt Mohammed dan. 'Als we in het park zijn zoeken we een rustig hoekje tussen de dennenbomen op en dan dans ik voor jou.' Zijn ogen schitteren.

'Echt? Zou je dat zomaar voor mij doen?'

En alsof ze het hebben afgesproken versnellen ze tegelijk hun pas. Nog net niet rennend gaan ze het park in.

– intermezzo –

Het gras kriebelt onder Mohammeds voeten. Sierlijk beweegt hij van links naar rechts. Hij maakt een sprong en landt zacht op zijn tenen. Spreidt zijn armen en draait een volmaakte cirkel in de lucht. Samya's ogen glanzen en glimmen in het broeierige licht van de laagstaande zon. En nog een sprong. Hij klemt zijn handen tegen zijn gezicht. Rolt met zijn lijf door verkleurde bladeren en zand. Dit is zijn moment, het park is zijn podium.

Mohammed, Mohammed, wat doe je? Je kunt toch niet dansen in een park, klinkt vaag de stem van Abdelrahman in zijn hoofd. Maar hij negeert de vragen die door zijn hoofd spoken en danst. Er klinkt geen muziek. Toch hoort hij hele strijkorkesten, symfonieën, en ja daar komen de drums, de trommels, marsmuziek. Hij knipt in zijn vingers. Maakt een elegante buiging die overgaat in een kronkelende siddering, nog een sprong, zijn benen wijd, gracieus beweegt een arm, een hand.

In een flits ziet hij Samya's open mond.

Hij kijkt naar haar. Ja, ze is echt prachtig. Maar hij wil... o, hij wil...

Hij struikelt en komt hard op de grond terecht. Opeens trekt er een vlammende pijn in zijn zij en kan hij niets anders dan blijven liggen. Als hij zich weer iets hersteld heeft staat hij snel op en slaat het gras en zand van zijn kleren.

'Ik denk dat we moeten gaan,' zegt hij schor. En zonder nog een woord te zeggen lopen ze naar huis. Aan het begin van de straat houdt hij halt. 'Ga jij maar eerst, niemand hoeft te zien dat...'

Samya knikt en met een onzekere glimlach nemen ze afscheid. Diep in gedachten staart Mohammed haar na terwijl ze haastig de straat in loopt.

Nachtwerk

http://confessionsofanegyptiannerd.blog.org

Third blogpost published at 24/01/2011 02.00 AM
Title Shit aan de modder

Full text >>

Lieve lezers van mijn blog op het o zo geweldige internet – plechtige stilte laten vallen, applaus, pink een traantje weg, buig lichtjes – welkom, welkom!

Ik ben er weer! *Alive and kicking!* En gelukkig een stuk vrolijker dan de vorige keer. (*Shake it all off!*) Ik heb gisteren helaas geen blog kunnen schrijven (sorry, sorry, het spijt me, ik hoop dat jullie deze lange dag zonder mijn wondere schrijfsels zijn doorgekomen – niet na twee blogs al verslaafd raken hè? *haha*). Mijn moeder hield me te veel bezig met huiswerk. Geen studiegerelateerd huiswerk, maar letterlijk HUISwerk (stomme rotklusjes dus). Alle matten moesten worden geklopt *zucht*, de vloer geveegd, gedweild en nogmaals geveegd *dubbel zucht*, de keukenkastjes leeggehaald, schoongemaakt en weer ingeruimd en nog veel meer *driedubbel zucht*. Ondertussen lonkte de computer vanuit de hoek in de woonkamer en wierp het scherm me verleidelijke blikken toe, maar mijn broertjes zaten er wijdbeens achter. Zij speelden urenlang stomme spelletjes terwijl ik ternauwernood tien hoestbuien en vijf astma-aanvallen overleefde van al het stof dat ik moest opvegen en uitkloppen (en dat deze heren mooi mede hadden veroorzaakt). En dat was niet de enige viezigheid die ik op moest ruimen, maar daar denk ik maar liever niet over na, ik moest namelijk ook hun bedden verschonen *brrrrr*.

Het is hier nu half twee 's nachts. Ik moest vanavond nog het huiswerk voor mijn studie inhalen en daar had ik deze keer gewoon boeken bij nodig, helaas, dus ik kon niet eens mijn studie als goed computerexcuus gebruiken. Uiteindelijk heb ik met veel pijn en moeite mijn broers van de computer verjaagd zodat ik me weer op mijn kersverse nieuwe hobby kan richten: bloggen! ☺

Het voelt niet zo prettig om openlijk te bloggen terwijl mijn familie nog wakker is. Mijn moeder werpt me constant achterdochtige blikken toe als ik achter de computer zit. Voor haar is dat hele internet een vreemde wereld waar ze weinig mee opheeft. Zoals de meeste Egyptenaren kan ze wel lezen, maar leest ze nooit een boek. Ze heeft wel iets gestudeerd (ik weet eigenlijk niet eens wat) maar heeft nog geen dag van haar leven buitenshuis gewerkt. Binnen werkt ze wel, en hoe! Ze weet me steeds weer voor een nieuwe klus in te schakelen. Het lijkt wel alsof er nooit een einde komt aan de bergen vaat, was en ongesneden voedsel. Eigenlijk gaat mijn moeder zelden of nooit alleen naar buiten en als ze dat doet schiet ze door de straten alsof de duivel haar op de hielen zit (overigens zit in dat laatste wel een kern van waarheid, de mannen in dit land zijn als duivels zonder punthoorns, echt, jullie willen niet weten hoe barbaars ze soms zijn). Ik weet niet wat mijn moeder ervan vindt dat haar eigen dochter de mannenwereld van ICT'ers wil bestormen. Volgens mij maakt het haar trots en onzeker tegelijk. Ik doe alles wat zij nooit heeft gedaan en wil dat zeker blijven doen.

Maar eenvoudig is het niet...

Terwijl ze die laatste woorden typt, aarzelt ze even. Haar vingers razen voortdurend over het krakkemikkige en plakkerige toetsenbord, maar nu haperen ze. Onwillekeurig denkt ze terug aan de aanvaring die ze eerder die dag met haar vader had, dwars tussen al het geren en gevlieg van de ellendig lange huishoudelijke takenlijst door.

Toen hij voor zijn middagdutje thuiskwam had hij het hele gezin bijeengeroepen.

'Ik heb geruchten gehoord,' zei hij terwijl hij zijn gezinsleden een voor een streng aankeek, 'dat er morgen demonstraties worden georganiseerd.'

Iedereen was stil. Haar moeder bracht zenuwachtig haar hand naar haar mond. Niet zozeer vanwege die demonstraties als wel vanwege de angstaanjagende toon waarop hij sprak.

'Ik wil niet dat jullie daar aan mee doen.'

Mohammed en Abdou staarden onverschillig naar de grond en mompelden braaf: 'Nee papa, ja papa.' Maar Layla wilde zich er niet zo gemakkelijk bij neerleggen.

'En waarom niet?' vroeg ze onverschrokken. 'In Tunesië hebben de mensen net hun dictator verjaagd! Dat kan hier ook gebeuren. Ik zie de oproepen overal op het internet!'

Haar vader reageerde als door een wesp gestoken. 'Hoe weet jij dat allemaal?'

'Maar zulke demonstraties zijn hartstikke gevaarlijk!' riep haar moeder op klagelijke toon.

Met een bruuske handbeweging legde hij haar het zwijgen op. 'Laat mij...' En hij deed een stap naar voren zodat zijn gezicht zich op nog geen vijf centimeter van dat van Layla bevond. Ze kon zijn zware ademhaling voelen én ruiken. Brrr.

'Je gaat niet de straat op, hoor je dat?'

'Maar waarom niet? Waarom? Dit land is een puinhoop! Er moet iets veranderen!' En toen: 'Jullie zijn lafaards!'

'Wat? Zo praat je niet over mij en je moeder!' schreeuwde haar vader terwijl hij zijn hand ophief. Pets. Een klap. De pijnscheut trok koud over haar linkerwang, die direct daarop vreselijk begon te gloeien. De pijn verbijtend drukte ze haar hand tegen haar gezicht. Haar vingers konden de kersverse knalrode plek amper verbergen.

'Niemand gaat de straat op!' brieste haar vader, en met een laatste boze blik in haar richting vertrok hij naar de slaapkamer. De deur sloeg met een harde klap achter hem dicht.

De anderen bleven bedremmeld staan, maar Layla stormde naar de badkamer. *Zo, dat heb ik ook weer overleefd,* dacht ze terwijl ze in de spiegel keek. Ze hoefde al heel lang niet meer te huilen als haar vader haar een klap gaf, maar toch welde er een traan in haar linkerooghoek op. Layla huilde niet om die rode veeg schuin over haar wang of om de plotselinge woede-uitbarsting van haar vader – die had hij maar al te vaak – maar om het feit dat ze morgen niet mee mocht doen met de demonstratie en dat ze, zoals het een goed meisje betaamt, weer aan de zijlijn moest staan. Zonder dat ze daar ook maar iets tegenin kon brengen. Of toch wel?

Roerloos staart Layla naar het zoemende en flikkerende computerscherm. Dan geeft ze een zachte tik op de computerkast. Het helpt, het gereutel houdt op. Ze haalt diep adem en begint met nieuwe ijver te tikken.

Als ik niet naar buiten mag, als mijn vader mij op hardhandige wijze de weg naar buiten belet, zoals hij vandaag deed toen hij mij een klap in mijn gezicht gaf (dit mag ik niet zeggen, wij Egyptenaren hangen de vuile was niet buiten, maar bij deze: hier is mijn wasgoed en *it stinks, trust me*, geen powerwasmiddel dat hier tegenop kan), dan zal ik maar spreken via deze weg. Ik wil niet meer zwijgen uit angst voor wie of wat ook. Zelfs niet uit angst voor mijn vader.

Jullie mogen weten dat mijn vader uit domme lafheid zijn gezin terroriseert, net zoals onze geweldige leider dat met zijn land doet. Hij slaat liever zijn eigen kinderen dan dat hij opstaat tegen onze o zo geweldige president – noem hem maar gerust een dictator – met zijn lelijke gitzwart geverfde haren die te veel van zijn paleizen houdt om ook maar een seconde aan de krotten van de kinderen van dit land te denken; hij slaapt onder daken van goud terwijl de armen dromen onder verroeste golfplaten of de blote sterrenhemel.

Shit aan de modder! *Zift*, zoals we hier zeggen. Dit land moet veranderen. Dat kan niet anders. Sterker nog: het zál ook veranderen. In de afgelopen weken heb ik op YouTube allerlei filmpjes voorbij zien komen van Tunesiërs die de straat op zijn gegaan. En ze hebben de dictator verjaagd! Ze hebben de menselijke god van hun land van zijn troon gestoten. Als de Tunesiërs dat kunnen, kunnen wij dat ook! Egypte heeft veel meer inwoners dan dat kleine landje aan de Middellandse Zee, én: wij zijn natuurlijk ook een stuk slimmer. Wij hebben immers het papier uitgevonden en de piramides gebouwd! Die Tunesiërs zijn maar veredelde tentbewoners, ha! ☺ Mijn ouders horen bij een generatie die nooit wat heeft gedaan, die nooit heeft durven opstaan. En maar bidden. En maar wachten. Nou, ik zeg jullie: ik ben dat bidden en wachten meer dan zat. Allah moge me straffen als ik nog een dag zwijg. Dat deden zijn profeten toch ook niet? (Zo ben ik toch nog een goede moslim en dat zonder dat ik in God geloof! LOL)

XOXO

<<End full text

Comments (none)

Terwijl Layla haar blog plaatst voelt ze haar hart zacht maar duidelijk kloppen in haar borst. Het is alsof het schrijven haar een vrijheid geeft die ze niet eerder heeft ervaren. Natuurlijk voelt ze zich er nog ongemakkelijk over om zo eerlijk over haar vader te schrijven, of over de president. Ze weet niet waar ze banger voor is: dat haar vader haar blogs te lezen krijgt, of de Egyptische veiligheidsdiensten haar gewaagde internetposts op het spoor komen. Maar toch is ze trots. Ze heeft zich in geen jaren zo krachtig gevoeld.

Net als ze de computer wil afsluiten omdat het nu toch wel erg laat aan het worden is, verschijnt er opeens een reactie. Ongelovig knippert ze met haar ogen, dan buigt ze zich snel naar het scherm.

Comments

<< Hey, mijn naam is Kimberly. Ik woon in Los Angeles. Toevallig kwam ik op je blog terecht. Ik wil je even laten weten dat ik je echt enorm dapper vind! Ga zo door. Ik kan me voorstellen dat het niet makkelijk is om zo over je land en je familie te schrijven, misschien is het zelfs wel gevaarlijk, maar volgens mij doe je het uit liefde en dat is goed. Wat zeg ik? Dat is *great*! Ga dus vooral zo door en als je eens met iemand van buiten wilt kletsen, je kunt me altijd vinden op Skype! Check: Kimberly-the-Collegegirl.>>

'Mijn god, wauw,' fluistert Layla naar niemand in het bijzonder. Ze heeft een eerste virtuele vriendin! Natuurlijk moet ze wel controleren of het geen valstrik is en er achter Kimberly the collegegirl niet een of andere Mohammed de agent schuilgaat. Onmiddellijk laat ze er een Google Search op los en speurt ze Facebook af. Maar dan logt ze toch maar in op Skype en voegt Kimberly als kersverse internetvriendin toe. Snel rekent ze uit dat het in Los Angeles tien uur vroeger moet zijn, midden op de dag dus. *Misschien...* En ja hoor, Kimberly is online. Layla's hart maakt een klein sprongetje. Vrolijk straalt het groene bolletje naast haar naam. Voor ze het weet tikt ze haar eerste bericht. '*Hello this is me, Joyce.*'

Verwachtingsvol slaat ze op enter. Het kan nog wel eens een lange nacht worden, maar dat vindt Layla alias Joyce helemaal niet erg.

De groep

'Abdelrahman!'

Een beetje geschrokken blijft Abdelrahman staan en draait zich om. De bijeenkomst is net afgelopen. Na het opzeggen van het avondgebed hebben ze afscheid van elkaar genomen en is Abdelrahman diep in gedachten verzonken aan de weg naar huis begonnen.

Maar nu rent Omar achter hem aan. Hijgend blijft hij staan.

'Abdelrahman,' brengt hij met moeite uit. Hij is duidelijk te zwaar voor een sprintje. 'Kan ik je even spreken?'

'Ja, natuurlijk,' antwoordt Abdelrahman verbaasd.

'Goed...' Voor Omar verder kan praten raakt hij verwikkeld in een flinke hoestbui. 'Waterpijp,' zegt hij ten slotte met een verontschuldigend glimlachje terwijl hij op zijn borst klopt.

'Gezondheid,' reageert Abdelrahman beleefd. Hij vraagt zich af wat Omar van hem wil en waarom hij rookt. Een goede moslim zou zich helemaal niet met verslavende middelen in moeten laten.

Als Omar eindelijk een beetje is bijgekomen begint hij te spreken. Eerst klinkt zijn stem nog wat raspend, maar hij herstelt zich snel en praat dan rustig en beheerst – als een echte leider. Wat de imam ook over zijn grote toekomst mag beweren, Abdelrahman voelt diep vanbinnen dat hij nooit een leider zal zijn. Het zit niet in hem. In plaats van de grote held uit te hangen observeert hij liever vanaf een afstandje en neemt dan een besluit. Zoals nu. Hij heeft het gevoel dat hij Omar kan vertrouwen. Hij weet niet goed waarom, maar hij voelt dat deze kale jongen met zijn forse baard een missie heeft. Een doel waarover hij alles wil weten.

Opnieuw vallen zijn dromerige ogen hem op. *Zo groen...* als het groene gras van de Zwitserse bergen die hij altijd op de prenten aan de muren in het oude flatje van zijn overleden opa zag. Hij werpt een blik op de nu snel donker kleurende hemel. 'Moge Allah hem omringen met het licht van duizend engelen,' bidt hij snel.

Dan kijkt hij Omar weer aandachtig aan.

'Wat vond jij van de toespraak van de imam?' wil die weten.

Abdelrahman haalt zijn schouders op. 'Krachtig,' zegt hij niet al te overtuigd.

Omar glimlacht een beetje spottend. 'Is dat alles?'

'Wat zou ik moeten zeggen? Het is niet aan mij om kritiek te hebben op de grote sjeik.'

'Nee, nee, zo bedoel ik het ook niet,' zegt Omar snel. Dan buigt hij zich naar Abdelrahman toe. 'Hij praat heel mooi, maar het blijft altijd bij woorden.'

Abdelrahman schrikt. Wat brutaal! 'Hoe bedoel je?' vraagt hij nors.

'Kijk, ik ben de imams eerste broeder. Ik luister al vier jaar lang iedere week naar zijn toespraken. Ik ben de imam heel dankbaar voor wat hij voor mij en de andere broeders heeft gedaan. Hij heeft me opgevangen als een vader in tijden dat ik het erg moeilijk had.'

Langzaam komen Abdelrahman en Omar weer in beweging en ze lopen dicht naar elkaar toe gebogen de straat uit. 'De imam verwoordt precies wat ik voel als ik naar ons land kijk. We leven in een barbaars en goddeloos systeem. De mensen zijn huichelaars. Ze bidden zogenaamd tot God, maar zijn alleen met zichzelf bezig. Heeft de profeet – vrede zij met hem – het woord van God aan ons gegeven zodat wij een beetje vrome verzen kunnen prevelen om vervolgens alle dingen te doen die God ons zo duidelijk verboden heeft?' En dan resoluut: 'Nee, natuurlijk niet!'

Omar praat zo snel en opgewonden dat hij bijna weer buiten adem raakt.

Hij zou met ons moeten voetballen om zijn conditie wat op te krikken, denkt Abdelrahman. Dan schudt hij snel zijn hoofd. Dit is helemaal niet het moment om aan een potje voetbal te denken. Omar heeft het over verheven zaken!

'Ja, de imam spreekt ware woorden,' herhaalt Omar nogmaals. 'Maar heb jij hem ooit op straat gezien om echt iets te veranderen? Protesteerde hij ook tegen de dood van Khaled Said?'

'Hij is oud,' antwoordt Abdelrahman weifelend.

'Niet zo oud dat hij niet met een koran op een boulevard kan staan,' reageert Omar op strenge toon. 'Begrijp je wat ik bedoel? Hij kan goed praten, maar we hoeven niets van hem te verwachten. Niet van hem of van een ander. Zijn hele generatie heeft afgedaan. De ouderen slapen de comfortabele roes der lafheid.'

'Maar dat kun je toch niet zo zeggen!' reageert Abdelrahman geschokt.

'O nee? En waarom niet? Onze ouders hebben dit toch laten gebeuren? Wij zijn geboren in een land dat zij naar de knoppen hebben laten gaan! Zij protesteren niet, maken zich niet druk om een dood kind meer of minder, maar jij...' Omar blijft even stilstaan en pakt Abdelrahman bij zijn schouders vast. 'Jij wel.'

Ongemakkelijk wendt Abdelrahman zijn blik af, maar Omar houdt hem net zo lang vast tot hij gedwongen wordt hem recht aan te kijken. 'Ik heb je gezien, Abdelrahman. Ik stond maar twintig meter van je af bij het protest tegen de dood van Khaled Said. Jij stond daar in het zwart, met de koran in de hand. En ik stond daar in even zwarte kleding met een koran in de hand. Je keek strak voor je uit, over zee en zag niets of niemand staan. Maar ik keek wel en bewonderde je moed. Je was alleen, zonder broers of vrienden. En toch was je dapper genoeg om met stil protest je stem te laten horen. Daarom wil ik je een voorstel doen. Sluit je bij ons aan. Het is tijd dat je deel van de groep wordt.'

'Welke groep?' vraagt Abdelrahman naar adem happend.

'De groep, Abdelrahman, dé groep.'

En Omar draait zich plotseling om en loopt een stuk sneller weg dan hij gekomen is.

Ben je een held of ben je een lafaard?

'Mohammed!' roept Abdelrahman. 'Mohammed!'

Moeizaam komt Mohammed overeind. Hij lag nog zo lekker te slapen en droomde juist over zaken waar hij zich helemaal niet schuldig aan mag maken. Slaperig wrijft hij met zijn hand over zijn kruis.

'In de naam van God de Barmhartige, de Erbarmer,' mompelt hij terwijl hij een schuldbewuste blik op het plafond werpt. Dan komt hij uit bed. In een sportbroek en T-shirt sloft hij het balkon op. Abdelrahman staat druk te zwaaien.

'Kom snel!'

'Wat is er?'

Abdelrahman spiedt haastig om zich heen. 'De dag is begonnen.'

Mohammed kan hem amper verstaan. 'Wat?'

'De dag!'

'Welke dag?' Mohammed begrijpt er niets van. 'Het is dinsdag.'

Abdelrahman slaat zijn ogen ten hemel. 'Weet je dan helemaal niets?' Afkeurend klakt hij met zijn tong.

Mohammed moet een beetje om hem grinniken. Abdelrahman doet hem altijd aan zijn tante denken als hij zo doet. Soms is hij net een boze vrouw. Een boze vrouw met een baard.

'Kom naar beneden,' beveelt Abdelrahman nu.

'Maar ik heb nog niet eens ontbeten!'

'Jammer dan, we kopen wel iets onderweg.'

'Onderweg?'

'Jaha, kom nou!'

'Oké oké.' Mohammed krabt flink in zijn haar, duikt terug zijn kamer in, kleedt zich aan en glipt door de woonkamer naar buiten.

'Maar wat is dat?' roept zijn moeder nog. 'Groet je je moeder niet meer als je naar buiten gaat?'

Mohammed drukt haar haastig een kus op de wang en stormt vervolgens met twee treden tegelijk de trap af.

'Leg me nu eens uit wat er aan de hand is,' zegt Mohammed als hij eenmaal beneden is.

Abdelrahmans ogen glimmen. 'Vandaag is de Dag van de Woede!'

'Wat bedoel je?' Mohammed blijft stokstijf staan. *Zijn vader... de demonstraties... Het zal toch niet... Zijn moeder moet het vergeten zijn.*

Maar ze is het niet vergeten. Daar staat ze al op het balkon te krijsen. 'Mohammed, kom terug!'

'Snel, laten we maken dat we wegkomen,' zegt hij tegen zijn vriend en hij duwt Abdelrahman de straat uit.

'Vandaag begint de grote protestmars tegen de politie, de corruptie, de werkloosheid, de president zelfs...'

Mohammed schrikt op.

'Wat zeg je nou?' Snel trekt hij zijn vriend opzij. 'Ben je gek geworden, wat als iemand je hoort? Ze zullen je arresteren!'

Abdelrahman grijnst. 'Je begrijpt het niet, hè? Vandaag is

de dag! Ik zweer het je: eerst in Cairo en dan zal heel Egypte de straat op gaan!'

Mohammed kijkt om zich heen. Vanuit de verte klinkt autogetoeter en het geschreeuw van een groenteverkoper. Verder is het stil. Vandaag is de nationale vakantiedag ter ere van de politie. Het hele land slaapt uit.

'Waar heb je het over? Iedereen ligt in bed. In dit land is niemand met politiek of revoluties bezig.'

'Toch wel,' zegt Abdelrahman, 'let maar op.'

Hij duwt Mohammed in de richting van een klein café.

'Wacht hier,' zegt hij en gaat alleen naar binnen.

Verbaasd blijft Mohammed op de stoep staan. Hij begrijpt niets van de plotselinge geheimzinnigheid van zijn vriend. Hij kijkt om zich heen. Maar nee, hij ziet niets wat op 'de dag' kan wijzen, of hoe Abdelrahman de totaal onzichtbare gebeurtenissen ook noemt.

Net als Mohammed zich begint af te vragen of hij niet beter naar huis kan gaan duikt Abdelrahman weer op.

'Je mag binnenkomen maar ze gaan je wel wat vragen stellen,' zegt hij haastig. 'Beantwoord ze gewoon, het is niets om je zorgen over te maken.'

'Wie zijn dat dan en wat...' vraagt Mohammed, maar zijn vriend grijpt hem pijnlijk stevig bij zijn arm en trekt hem zo naar binnen.

In het cafeetje is het stoffig en donker. Er zijn geen klanten. Een mager streepje zonlicht valt naar binnen door een raam dat met papier en plastic is afgedekt. Mohammed knippert onrustig met zijn ogen. Dan ontwaart hij vijf figuren aan een ronde tafel. Vier jongens en een meisje. Een dikke jongen met een baard en een kaal hoofd zit in het midden. Hij is blijkbaar de leider en kijkt hem streng aan.

'Naam?'

'Geboortedatum?'

'Adres?'

'Beroep vader?'

'Wat is dit allemaal?' vraagt Mohammed fluisterend aan zijn vriend. Maar Abdelrahman kijkt strak voor zich uit en doet er het zwijgen toe. Mohammed besluit maar mee te werken, maar op zijn gemak voelt hij zich niet.

De leider vraagt hem van alles en schrijft zorgvuldig zijn onsamenhangende antwoorden op. Dan is het meisje aan de beurt. Ze glimlacht, pakt pen en papier en begint gedecideerd aan een volgend kruisverhoor.

'Hoe denk je over de politie?'

'Wat is jouw droom voor de toekomst van Egypte?'

'Wat vind je van de president?'

Mohammed weet niet wat hij zeggen moet. *Straks werken ze nog voor de geheime dienst!* schiet het door zijn hoofd. Onwillekeurig denkt hij aan de dood van Khaled Said. Layla had in tranen over hem verteld. Met een misselijk gevoel in zijn onderbuik had hij naar de foto's van Khaleds verminkte lichaam gekeken. Hij had ze helemaal niet willen zien, maar zijn zus had hem ertoe gedwongen.

'Kijk dan,' had ze gesist. 'Kijk dan toch! Iedereen moet dit zien.'

Hij hoort de stem van zijn zus in zijn oor. 'Je kunt je ogen niet voor zulke dingen sluiten, Mohammed. Nu is het Khaled Said maar straks zijn wij het!'

Hij haalt even diep adem. Dan begint hij een voor een de vragen te beantwoorden. Eerst stottert hij nog, maar al snel wordt zijn stem vaster.

'Ik haat de politie.'

'Mijn droom voor Egypte is dat iedereen vrij kan zijn en we allemaal gelijke kansen hebben, dat je geen speciale connecties hoeft te hebben om een goede baan te krijgen en dat ook het armste boertje op kan klimmen tot directeur van een groot bedrijf. Dat kunstenaars kunst kunnen maken en dansers kunnen dansen... gewoon op straat.'

Bij dat laatste slikt hij geëmotioneerd. Hij hoeft niet naar Abdelrahman te kijken om te weten dat zijn vriend afkeurend knikt.

Snel wisselt hij van onderwerp en beantwoordt resoluut de laatste vraag: 'De president is een ramp voor dit land.'

Het meisje glimlacht en legt haar pen neer. De strakke gezichten van de jongens ontspannen zich.

Opgelucht slaat Abdelrahman Mohammed op zijn rug.

'Je hoort erbij!' roept hij vrolijk.

De jongens staan op. 'Welkom!'

Een voor een stellen ze zich aan hem voor. Omar, de leider van de groep, als eerste. Dan volgen Ali, Hassan, Michael en Hanan.

'Maar wat...' Verbaasd schudt Mohammed hun de hand.

'Wij... zijn een geheim genootschap,' zegt Omar plechtig. 'We zijn een actieve cel van de "Wij zijn allen Khaled Said"-Facebookgroep en onderhouden direct contact met belangrijke activisten in Cairo. Op dit moment verzamelen grote groepen mensen zich op verschillende punten in de hoofdstad om naar het centrum op te trekken. De politie weet dat er gedemonstreerd gaat worden maar heeft totaal geen idee door wie en waar. Geloof me, het mag dan de nationale vakantiedag voor de politie zijn, vandaag is er geen agent vrij! De regering is doodsbenauwd.' Omar grinnikt kort.

Dan praat hij snel verder. 'Wij wachten op instructies van Cairo. Zodra de protesten daar een succes zijn zal Alexandrië volgen. We hebben tientallen vrienden gemobiliseerd die ook hun vrienden voorzichtig hebben voorbereid, maar niemand weet nog hoe of wat. Maar met deze telefoon...' hij houdt trots een simpel mobieltje omhoog, 'kan ik ze zo optrommelen. Ik hoef maar een sms'je te versturen en ze komen naar de grote moskee aan de boulevard. Van daar zullen we door de straten marcheren. En geloof me, als onze protestmars eenmaal begonnen is sluiten mensen zich er vanzelf bij aan, als God het wil. De rek is eruit, het geduld is op. De mensen zijn het zat!'

Dan daalt zijn stem. Omar doet een stap naar voren en kijkt Mohammed doordringend aan. Zijn groene ogen fonkelen. 'Vandaag, Mohammed, is de revolutie begonnen. De vraag aan jou is: ben je voor ons of tegen ons? Wil je strijden voor een nieuw Egypte of vlucht je angstig naar huis? Ben je een held, Mohammed, of...' Hij aarzelt even en buigt zo ver naar voren dat zijn voorhoofd bijna dat van Mohammed raakt. 'Of...' herhaalt hij dreigend, 'ben je een lafaard?'

Hello Kimberly

Uitgelaten kruipt Layla achter de computer. Het is zes uur 's ochtends, hartstikke vroeg. De laatste klanken van het ochtendgebed zijn net verstomd.

Gaperig wrijft ze even in haar geïrriteerde ogen. Ze heeft tot diep in de nacht met Kimberly gechat. Pas toen ze echt te moe was om nog uit haar ogen te kunnen kijken, is ze naar bed gegaan. Maar ze kon de slaap niet vatten, dus na een paar uur slaap zit ze nu alweer achter de pc.

Layla vergeet elk besef van tijd als ze met Kimberly chat. Ze droomt over dat leven aan de andere kant van de uitgestrekte oceaan, die ze nog nooit gezien heeft en misschien wel nooit zal zien... behalve op Google Earth dan.

Snel maakte ze een rekensommetje. *Aan de westkust van Amerika is het nog steeds avond, dus met een beetje geluk...* En ja hoor, Kimberly is nog gewoon online. Zodra Layla op Skype inlogt, popt het groene balletje naast haar naam weer vrolijk op, evenals een eerste ochtendgroet.

25/01/2011

6.01 Kimberly-the-Collegegirl: Hi good morning, Joyce! ☺

6.02 Egyptian Nerd: Wow, that's quick.

6.02 Kimberly-the-Collegegirl: You haven't really had a proper night of sleep hah – LOL.

6.03 Egyptian Nerd: No, I was 2 excited with our talk last night & also... it's a very special day 2day.

6.04 Kimberly-the-Collegegirl: & why is that?

6.05 Egyptian Nerd: It's national protest day!

Layla typt zo snel ze kan. Het liefst zou ze echt skypen, met stem en al, maar ze is bang haar ouders uit hun slaap te wekken. Met een lichte huivering denkt ze terug aan haar laatste aanvaring met haar vader. Nee, dat hoeft ze niet nog een keer. Niet vandaag.

Kimberly wil alles over de demonstraties weten, maar veel nieuws heeft Layla ook niet. Ze zoekt de Facebookpagina's af, maar wat ze daar vindt, wist ze al: een miljoen mensen hebben aangegeven mee te zullen doen en Cairo is de stad waar de protesten zullen beginnen. Maar tijden en locaties zijn nog niet bekend. Het lijkt wel alsof iedereen wacht, maar op wie en wat dan?

Toch voelt ze dat het goed gaat komen. Toegegeven, toen ze voor het eerst van de demonstraties hoorde – ergens in de zomer al – was ze sceptisch geweest. Maar er is zoveel gebeurd sinds die tijd! De Tunesiërs zijn de straat op gegaan en hebben hun dictator uit het zadel gewipt en de Egyptische overheid heeft stomme fouten gemaakt, te hard op mensen ingeslagen, waardoor het volk steeds bozer is geworden. Woedend zelfs.

6.08 Egyptian Nerd: Als die bekakte Tunesiërs het kunnen, dan kunnen wij het ook!

6.09 Kimberly-the-Collegegirl: Ga je meedoen?

6.10 Egyptian Nerd: Ik wil wel... o ik wil zo graag, maar zoals ik in mijn blog al schreef, nee, het mag niet van mijn vader.

6.11 Kimberly-the-Collegegirl: O ja, dat schreef je inderdaad. Sorry, het is voor mij zo onwerkelijk dat je niet de straat op mag omdat je een meisje bent. Sowieso dat je thuis woont vind ik al een gek idee. Ik heb mijn eigen kamer op de campus!

6.12 Egyptian Nerd: Echt waar? Wat gaaf! Waar studeer je? En wat studeer je eigenlijk? Hoe is het leven op zo'n Amerikaanse universiteit?

6.13 Kimberly-the-Collegegirl: Nou, ik studeer politieke wetenschap aan de UCLA. Ik volg nu een vak over het Midden-Oosten en moet een paper schrijven over Egypte. Ik was benieuwd naar het leven van vrouwen daar en kwam zo op je blog terecht. Ik woon in een appartementje met nog vijf andere meiden. Het is heel internationaal hier. Eén kamergenoot is Amerikaans, *Caucasian American*, gewoon blank dus. Een andere kamergenoot komt uit Maleisië maar is een christelijke Chinees. Dan is er nog een Koreaans meisje dat geboren is in Canada. Er is een Nederlandse student met Turkse ouders die net is gearriveerd en een heel grappig accent heeft. En er woont een Noorse nerd die biologie studeert en altijd met blaadjes en beestjes bezig is, haar kamer is net een laboratorium en ze draagt zo'n echte Harry Potterbril. We noemen haar 'de professor'. We hebben heel vaak *culture nights* met eten, muziek en films uit de landen waar de internationale studenten vandaan komen. En natuurlijk zijn er veel geheime feestjes, ik mag eigenlijk nog niet drinken vanwege die belachelijke drankregels hier, maar mijn vrienden en ik smokkelen stiekem van alles de campus op.

6.14 Egyptian Nerd: Echt waar? Ik heb nog nooit in mijn leven een slok alcohol gedronken. Dat is voor moslims *haram*, weet je wel.

6.17 Kimberly-the-Collegegirl: O ja, shit, helemaal vergeten. Haha. We leven wel in heel verschillende werelden, hè!

6.19 Egyptian Nerd: Zeg dat wel! *zucht* Is het lekker?

6.20 Kimberly-the-Collegegirl: Wat, *booze*?

6.20 Egyptian Nerd: O, is dat hoe jullie drank noemen? Ja, alcohol dus.

6.21 Kimberly-the-Collegegirl: Zal ik eerlijk zijn? Echt lekker is het niet, nee. Het is heel bitter, tenzij je mierzoete mixdrankjes drinkt... Eh, waar kan ik het mee vergelijken? Heb je wel eens hoestdrank gehad?

6.22 Egyptian Nerd: Ja, helaas maar al te vaak. Ik ga op slag al hoesten als ik eraan denk *kuch*.

6.23 Kimberly-the-Collegegirl: Nou, zo smaakt sterke drank dus. Maar je wordt er wel lekker warm van als je begrijpt wat ik bedoel... ☺

6.25 Egyptian Nerd: Warm?

6.26 Kimberly-the-Collegegirl: Ja, *horny as hell, baby*, oeee.

Meer schrijft Kimberly niet, want ze moet nog even snel een uurtje studeren voor een test. En Layla's moeder begint alweer met de pannen en potten in de keuken te rommelen. Luid roept ze om haar hulp. Zuchtend staat Layla op, maar niet voor ze even de betekenis van Kimberly's vreemde uitdrukking heeft gegoogeld. Met een blos op haar wangen loopt ze de keuken in.

Aan de buis gekluisterd

De groep houdt zich de hele dag verscholen in het morsige café. Een oude barman klopt zachtjes op de deur, komt dan binnen en vergrendelt de deur.

Op een oud koperen dienblad serveert hij zoete thee en koekjes terwijl Omar en Ali wat aan een oude televisie prutsen. Maar het is uiteindelijk het meisje dat het toestel aan de praat krijgt, met een flinke mep op de bovenkant.

'Werkt thuis ook altijd,' zegt ze met een stralende glimlach en ze kruipt voor de beeldbuis.

Abdelrahman weet niet wat hij ervan moet vinden dat Hanan ook lid is van de groep. Dat de christelijke Michael lid is, is nog tot daar aan toe. Maar een vrouw alleen tussen hen, mannen, vindt hij ongepast. Omar heeft hem echter verzekerd dat Hanans hulp van grote betekenis is. 'Ze is snel en praktisch ingesteld,' legde hij uit. 'Daarbij werkte de profeet zelf toch ook voor een vrouw? Khadija was een sterke zakenvrouw die Mohammed in dienst nam. Nou, de dag dat ik naar Hanans pijpen ga dansen laat nog wel even op zich wachten!' En hij grijnsde breed.

'Ja, maar de vrouw van de imam zien we toch ook niet als we bij hem op bezoek zijn?' protesteerde Abdelrahman nog.

Maar Omar haalde zijn schouders op. 'Nog een reden om

altijd kritisch te blijven, broeder. Er zijn zaken van God en zaken van generaties. De imam is gewoon een conservatieve man.'

Abdelrahman schudt zijn hoofd als hij aan het gesprek terugdenkt. Moge God Omar vergeven voor al die ongepaste uitspraken van hem. Dan kijkt hij naar Mohammed. Die zit er wat verloren bij. Op het nieuws is niets bijzonders te zien. Niets wat ook maar op de minste onrust in de hoofdstad wijst.

Maar dan haalt Hassan een oude laptop tevoorschijn en plugt er een USB-stick in. 'Zo hebben we internet,' legt hij uit.

Hassan typt wat in en er openen direct verschillende vensters. Twitter. Facebook. Nieuwssites.

Abdelrahman weet weinig van het internet af. Hij verdiept zich liever in boeken dan in beeldschermen. Maar als alle groepsleden zich om de laptop scharen en zelfs Mohammed nieuwsgierig opstaat, besluit hij zich ook maar bij hen te voegen.

'Kijk, daar komen de eerste berichten!' roept Hanan en ze wijst op enkele Twitterberichten over optochten door Cairo. Dan verschijnen er ook foto's op Facebook.

'Allahhh...' roept Hassan verheugd. De foto is van bovenaf gemaakt, waarschijnlijk vanaf een balkon, en toont honderden mensen met vlaggen en borden die door een lange straat marcheren.

Dan begint Omars mobieltje te piepen. 'Een sms-bericht!' Snel leest hij het voor.

Alles volgens plan. 1000'en mensen op de straten. Trekken van verschillende kanten op naar Tahrir. Politie niet goed 4bereid. Wordt door massa verpletterd.

De volgende uren blijft Omars telefoon voortdurend afgaan en regent het berichten op het internet. Ondertussen hebben Hanan en Michael de televisie zo afgesteld dat ze niet langer de streng gecontroleerde staatsprogramma's maar buitenlandse satellietzenders ontvangen. Op de grote Arabische nieuwszenders zien ze ongelofelijke beelden vanuit de hoofdstad. Straten gevuld met duizenden mensen die gillen, klappen en dansen. Steeds meer mensen voegen zich bij hen.

De jongeren kijken elkaar met tranen in de ogen aan. Geven elkaar high fives en slaan de armen om elkaars schouders. In een uitzinnig moment van euforie, als ze beelden zien van alle groepen die het Tahrirplein hebben bereikt, omhelst Abdelrahman zelfs even Hanan, waarna hij geschrokken een sprongetje achteruit maakt. Hij was even vergeten dat ze een vrouw is!

Het duurt niet lang of ze horen geschreeuw buiten op straat.

Snel spiekt Omar door de spleet van het afgedekte raam. 'De eerste mensen demonstreren! Het signaal uit Cairo wordt opgepikt!'

'Gaan wij ook?' vraagt Ali gretig.

'Nee, nog niet. Broeders, zuster.' Omar kijkt de anderen een voor een aan. 'Ga snel naar huis. Vertel niemand iets. Kom morgenochtend naar de grote moskee en sms al je vrienden dat ze daar ook heen moeten komen, zonder uit te leggen waarom. Eenmaal daar zullen ze vanzelf aangestoken worden door de revolutiekoorts. Maar ga nu, zorg dat je goed eet en slaapt. Het wordt morgen een lange, lange dag!'

Druppel in een oceaan

Mohammed kan het niet geloven.

Door de hele stad klinken luid protestleuzen. Alle winkels, scholen en kantoren zijn dicht en het openbaar vervoer ligt plat. De krioelende mensenmassa op de Corniche wordt steeds groter. Vanochtend zijn de demonstraties heel klein begonnen met zo'n honderd demonstranten die zich verzamelden bij de moskee, maar nu zijn er zeker duizenden. De rest van het land staart onafgebroken naar flikkerende beeldschermen of zit gekluisterd aan de radio. Arme boertjes, rijke zakenmannen, niemand kan om de grote opstand heen.

'Elke betoger is als een druppel,' brult Abdelrahman in Mohammeds oor terwijl ze in het midden van een gigantische stoet over de boulevard lopen. Achter hen zwaaien vijf meiden met de nationale rood-wit-zwarte vlag. Ze krijsen zo hard dat Mohammeds oren ervan tuiten.

'Alleen zijn we niets, maar samen zijn we huizenhoge golven die zelfs de grootste rotsen kunnen splijten. Ons water zal door elk kiertje en gaatje in het systeem naar binnen sijpelen, de archiefkasten aanvreten, de geheime dossiers voor eeuwig onleesbaar maken. Het duurt niet lang meer of de Nijl zal weer blauw zijn, het land schoongespoeld, groen als na een lentebui!'

Abdelrahman klapt in zijn handen en zingt met de andere demonstranten mee.

Mohammed hoeft amper te lopen, de massa draagt hem en duwt hem naar voren. *Ik ben een druppel*, denkt hij dromerig. *Ik stroom van de rivier naar de oceaan en dobber op de eindeloze golven van de rood-wit-zwarte zee van de Egyptische vlag. Mijn vlag!*

Maar de veiligheidsdiensten weten ook hoeveel kracht water heeft. Er worden waterkanonnen ingezet die de demonstranten van het trottoir blazen en enorme blauwe plekken veroorzaken. De mensenmassa is echter sterker dan de spuitkracht van de pantservoertuigen. Elkaar moed toeschreeuwend drukken de demonstranten door en duwen ze zelfs enkele wagens van de weg.

Dan probeert de politie de massa met traangas uit elkaar te drijven. Het gas bijt in de ogen en vertroebelt het zicht. Er klinkt woedend gebrul, maar net zoals de andere demonstranten verbijten Mohammed en Abdelrahman de pijn en lopen door. Dan leest iemand op Twitter dat cola de werking van het gas neutraliseert. Het bericht verspreidt zich razendsnel. Mohammed rent terug naar zijn straat en haalt tassen vol blikjes cola uit zijn vaders winkel. *Nood breekt wet.* Hij heeft de sleutel en zijn vader heeft zich opgesloten in het appartement, dus niemand die het gemerkt heeft. Gewapend met doeken doordrenkt met Pepsi die ze stevig tegen hun neus en mond drukken, vechten de demonstranten verder.

Dan openen sluipschutters het vuur vanaf de daken van de statige koloniale gebouwen langs de boulevard. Links en rechts van Mohammed vallen mensen neer. De meesten worden geraakt in hun oog. Samen met de andere leden van de groep rent hij heen en weer om gewonden in veiligheid te brengen. Bij de moskee is haastig een veldhospitaal ingericht waar verpleegsters en artsen die zich bij de demonstraties hebben aangesloten wanhopig doen wat ze kunnen. De gewonden die er niet te slecht aan toe zijn, lopen met bebloed verband verder en schreeuwen nog harder dan ze al deden.

Mohammed voelt geen angst. Hij voelt slechts woede. Een razende woede. En bij iedere gewonde die valt neemt de razernij steeds meer de overhand.

Voor het eerst in zijn leven voelt hij zich deel van een groter geheel. Hij kan iets veranderen. Hij zal iets veranderen! Zijn borst zwelt van trots. Tegen iedereen die het maar horen wil vertelt hij dat hij er vanaf het eerste uur bij is.

Nu weet hij waarom Allah hem op de aarde heeft gezet! Stilletjes dankt hij God voor de kans om eindelijk wat te kunnen doen en echt iets te mogen betekenen.

Samen met Abdelrahman loopt hij voorop in de kilometerslange stoet.

Terwijl de menigte aangroeit, huisvrouwen gewapend met potten en pannen zich bij de demonstraties aansluiten en arme arbeiders met stokken en vlaggen hun krappe appartementjes verlaten, groeit ook het aantal politiemannen. Ze zien eruit als militairen, met kogelvrije vesten en stalen helmen. Het regent molotovcocktails, rubberkogels, echte kogels, gummiknuppels en traangasbommen. Onverschrokken gaat Mohammed met agenten op de vuist. Hij gooit met stenen naar pantservoertuigen. Mept zo hard als hij maar kan.

De zucht naar vrijheid is sterker dan het zwaard, denkt hij terwijl hij zijn vingers samenknijpt. *Dromen zijn lichter dan traangas, ambities krachtiger dan de wapenstok!*

Triomfantelijk steekt hij zijn vuist in de lucht.

Douchen

Als Mohammed 's avonds na de tweede onstuimige protestdag bezweet en vuil thuiskomt ziet hij pas de bloedvlekken op zijn shirt en de kogelgaten in het kartonnen bord dat hij die dag bij zich droeg. Zonder lang bij de gewelddadige gebeurtenissen van de dag stil te staan gooit hij zijn vuile kleren op de koele badkamertegels en springt onder de douche. Het enige waar hij die dag bang voor is geweest, is de woede van zijn vader, maar zelfs die angst is snel weggeëbd.

'Vader, u kunt doen wat u wilt,' legde hij aan het einde van de eerste protestdag uit terwijl hij naast zijn vader plaatsnam. 'Maar ik moet wel meedoen. Al mijn vrienden demonstreren, dit is het moment! God heeft ons geroepen om grote daden te verrichten!'

Zijn vader was tot zijn verbijstering niet eens boos geweest. Afwezig wendde hij zijn blik van de televisie af en keek hem recht in de ogen. 'Ik begrijp het, zoon. Vecht, vecht voor ons.'

Zijn moeder dacht daar heel anders over. Gillend en huilend stond ze voor hem. Maar zijn vader maakte daar snel een einde aan.

'Mohammed is een man nu. Geef hem wat extra voedsel mee als hij naar buiten gaat en laat hem met rust. Hij heeft al zijn kracht en energie hard nodig.' Hij gaf hem een schouderklopje en keerde zich weer naar het flikkerende beeldscherm. Mohammed kon zijn geluk niet op. *Ik... een man!* In zulke respectvolle woorden had zijn vader nog nooit over hem gesproken.

Terwijl Mohammed de viezigheid van zijn lichaam spoelt denkt hij aan Abdelrahman.

Op een gegeven moment had Mohammed hem op de schouders genomen, zodat hij met een vlag in de hand de menigte aan kon moedigen.

Abdelrahmans benen klemden zich om zijn borst. Zijn vriend was niet licht, maar Mohammed voelde zich sterk, onverslaanbaar. Met zijn vriend op de schouders wilde hij de hele boulevard wel af lopen. Vurig bad hij dat dit moment nooit ophield.

Het water stroomt in lauwe straaltjes over zijn gladde huid. Dikke druppels glinsteren tussen zijn voorzichtig opkruipende borsthaar. *Een man...* Langzaam glijdt Mohammed met zijn vingertoppen over zijn onderbuik. Zijn lijf siddert van opwinding.

Mohammed! Wat doe je? fluistert een stemmetje in zijn hoofd. *Het mag niet, het kan niet.* Maar waarom niet? Wie zegt eigenlijk dat het niet mag?

'Mohammed, kom je er nog uit?' Layla klopt hard op de deur.

Betrapt kijkt Mohammed op.

'Wat doe je allemaal?'

'Niets!' Hij houdt heel veel van zijn zus maar waarom

heeft ze toch altijd zo'n slecht gevoel voor timing? Dat ze toekijkt als hij danst is één ding, maar dit wordt hem toch echt te veel.

Woest draait hij aan de kraan.

'Ik wil alles weten!'

Mohammed heeft de badkamerdeur nauwelijks geopend of Layla staat al binnen. Haar inspecterende blik valt onmiddellijk op de rode vlekken op zijn spijkerbroek.

'Bloed!' sist ze.

'O, dat is niets,' zegt hij achteloos.

'Doe je wel voorzichtig?' Layla pakt hem bezorgd bij zijn schouders vast en kijkt hem onderzoekend aan. Ze schelen maar een jaartje, toch heeft Layla altijd over hem gemoederd alsof hij haar kind was.

Mohammed heeft de handdoek om zijn middel geknoopt, pakt een scheermesje en begint zich te scheren.

'Een paar weken geleden was je nog een jongen. Maar nu zie je eruit als een man!' roept zijn zus verbaasd uit.

Mohammed kijkt in de spiegel. Zijn blik is inderdaad veranderd. Stoer. Zelfverzekerd.

En zijn buik is strak. Met genoegen merkt hij dat zijn zus jaloers op hem is.

'Moet je mama niet helpen in de keuken?' vraagt hij achteloos.

'Mohammed!' reageert ze streng. 'Je mag dan op straat de held uithangen, ik blijf wel je grote zus!'

Grinnikend kijkt Mohammed op van de spiegel. 'Ja ja, zusje van me, meisjes zoals jij horen nu eenmaal in de keuken thuis!' Plagerig werpt hij haar een kushandje toe.

‘Wat is dat toch met jou?’ tiert Layla zonder nog aan haar ouders te denken. De televisie staat toch loeihard aan. ‘Het is revolutietijd, mensen sterven voor hun vaderland en jij zit hier vrolijk grapjes te maken!’ Haar ogen vernauwen zich.

O o! denkt Mohammed. Hij weet wat het betekent als zijn zus zo kijkt. Ze legt hem onder de hersenscan.

En ja hoor.

‘Je bent verliefd!’ roept ze triomfantelijk. ‘Mijn broertje is verliefd!’

‘Ssst!’ Van schrik schiet Mohammed uit met het scheermes. De hele dag heeft hij nog geen schram opgelopen, maar nu bloedt hij alsnog. Een rode druppel glijdt over zijn stoppelige wang.

‘Op wie?’ vraagt Layla op opgewonden fluistertoon. ‘Vertel me alles!’

Via de spiegel kijkt ze hem met glinsterende ogen aan. Opeens voelt hij zich benauwd. ‘Waar heb je het over?’ vraagt hij norser dan hij bedoeld had.

‘Mohammed, ik ken je toch? Probeer nou maar niets voor je zus te verbergen, ik heb je luiers nog verschoond!’ Dat laatste is natuurlijk niet waar, daar is het leeftijdsverschil veel te klein voor, maar Mohammed reageert even geïrriteerd als altijd.

‘Niet waar!’ Boos torent hij boven haar uit. ‘Ik ben je baby niet!’

‘O nee?’ Ondeugend kriebelt ze in zijn borsthaar. ‘Nou vertel op, hoe heet ze?’

Mohammed slikt. *Ze heeft gelijk,* denkt hij angstig. *Ik ben verliefd. Maar niet...*

Dan denkt hij terug aan de korte preek tijdens het laatste vrijdagmiddaggebed.

'Gestraft worden zij die verlangen naar de persoon die naast hen zit...' galmde het door de overvolle moskee.

Onrustig schoven een aantal mannen op hun gebedsmatjes heen en weer. Ook Mohammed. Hij keek naar Abdelrahman, die geconcentreerd naast hem zat, maar die keek niet op of om.

'Zij maken zich schuldig aan godslasterlijke praktijken en zullen door Gods heilige engelen met brandende pijlen worden doorboord!'

Met geen woord had de imam over de problemen van Egypte gesproken, de maatschappelijke misstanden, de wandaden van president Mubarak en zijn handlangers. Nee, hij sprak slechts over lust en eeuwig brandend hellevuur en dat terwijl iedereen wist dat hij zich wel eens aan een jongetje vergreep. Waarom nodigde hij ze anders – zoals het hardnekkige gerucht ging – bij hem thuis uit?

'Broertje!' Ongeduldig tikt Layla met haar voet op de grond. 'Ik heb niet de hele dag de tijd!'

Onzeker roept hij de eerste naam die in hem opkomt.

'Samya.' Het floept eruit voor hij er erg in heeft.

'Wat? Samya!'

'Niet zo hard!'

'Je bedoelt dat meisje aan de overkant van de straat?'

'Ja.'

'Maar die is christen!'

'Nou én?'

'Heb je dan helemaal geen respect voor haar ouders?'

‘Haar vader leeft niet meer.’

‘Bij God, wat erg! En haar moeder dan? Haar ooms en tantes!’

‘Ze heeft geen tante!’

‘Natuurlijk wel, iedereen in dit land heeft een tante.’

Layla denkt even na.

‘Lief meisje wel.’

‘Ja.’

‘Mooi ook.’

‘Ja.’

‘Prachtig haar.’

‘Ja.’

‘En geen rothoofddoek die het bedekt.’

‘*Haram*, zo praat je niet, Layla,’ corrigeert Mohammed streng. ‘Een goede moslima bedekt haar schat.’

‘Nou inderdaad, daarom ben je natuurlijk ook verliefd op een christelijk meisje, hè?’

‘Dat is niet verboden!’

‘Nee, voor jou niet, jij bent een... man.’ Layla zegt het alsof het een ziekte is. ‘Als ik...’

‘Layla, ophouden nu! Hoe durf je?’

Ze zwijgt even. Op haar voorhoofd staat een diepe frons. Dan glimlacht ze weer. ‘Ze heeft altijd van die leuke kuiltjes als ze lacht.’

Mohammed heeft geen idee waar ze het over heeft. Die kuiltjes heeft hij nog niet eens opgemerkt, maar zijn zus zal het wel beter weten. ‘Ja, die kuiltjes...’

‘Oké, je bent een stouterd en ik kan niet geloven dat je in deze tijden met je hoofd bij een vrouw bent, maar: gefeliciteerd!’

Enthousiast – en ook een beetje opgelucht, zo lijkt het haast – vliegt Layla haar broertje om de hals.

'Eh, bedankt.'

Onhandig klopt Mohammed zijn zus op haar rug.

'Maar je gaat niet met haar trouwen, hoor,' zegt ze, terwijl ze zich uit de omhelzing losmaakt. 'Je trouwt gewoon met een moslima.' En prompt loopt ze de badkamer uit, Mohammed verbijsterd achterlatend.

– tweede intermezzo –

Layla kan het niet verkroppen dat haar jongere broertje wel de straat op mag terwijl zij binnen moet blijven. Mohammed heeft nooit interesse in politiek getoond. Zij wel. Zij kijkt dagelijks naar het journaal, leest de krant en debatteert op internet over de toekomst van Egypte, zij is lid van de 'Wij zijn allen Khaled Said'-Facebookgroep, zij chat met Kimberly over politiek (en – toegegeven – ook luchtigere zaken), zij blogt, zij denkt, zij schrijft, zij leeft om flink tegen de dingen aan te trappen!

Maar nu de woelige revolutionaire tijden dan eindelijk aangebroken zijn, demonstreert Mohammed dagelijks op de Corniche terwijl zij thuiszit.

Ze heeft haar vader gesmeekt haar aan de protesten mee te laten doen, maar hij wilde er niets van weten.

'Politiek is een mannenzaak,' antwoordde hij resoluut. 'Vechten ook... Je blijft thuis bij je moeder!'

En hij dreigde haar weer een tik te geven.

Tot tweemaal toe heeft ze geprobeerd stiekem naar het trappenhuis te rennen, maar de winkel is gesloten en haar vader zit dag en nacht thuis. Hij rookt waterpijp en volgt het nieuws vanaf een stoel die naast de deur staat. Om naar buiten te kunnen moet ze hem passeren. En één blik van hem is genoeg om haar weer naar haar kleine kamertje af te laten druipen. Zelfs als hij even naar de wc gaat, laat hij haar nog niet onbewaakt achter. Dan blokkeert haar al even vastbesloten moeder de enige uitgang van het appartement.

'Je luistert naar je vader, hoor!' roept ze dreigend terwijl ze met een pollepel door de lucht zwaait. Nu ze haar oudste zoon niet thuis kan houden, doet ze er alles aan om in ieder geval haar dochter geen stap over de drempel te laten zetten.

Eerst kon Layla de revolutionaire ontwikkelingen tenminste nog via Twitter en Facebook volgen en de demonstranten vanaf de zijlijn aanmoedigen. En er was de dagelijkse chat met Kimberly (zeg maar gerust driemaal daags), die ook non-stop het nieuws volgt en haar om de haverklap met vragen bestookt.

Maar nu komt er geen sms, geen Facebookbericht, of Skypecall meer binnen. Het hele land is hermetisch afgesloten van het mobiele-telefoonverkeer en het internet. Van het ene op het andere moment is ze het contact met al haar digitale vrienden kwijt. Wel twintig keer per uur probeert ze of er weer verbinding met het internet mogelijk is, maar alle netwerken liggen plat. Woest slaat ze op de computer.

Dan stormt ze het balkon op en staart door een waas van tranen naar de verlaten straat terwijl verderop het gevecht van ordetroepen met de duizenden demonstranten te horen is.

28/01/2011

10.01 Kimberly-the-Collegegirl: Hi, Joyce? Joyce? OMG ik heb je zo vaak geprobeerd te contacten. Waar ben je? Hoe gaat het met je? Ik kijk hier naar CNN en die nieuwe zender, Al-Jazeera English of zoiets. Er komt constant breaking news uit Egypte. De hele wereld volgt wat er in jullie land gebeurt, weet je dat wel?! Ik zie de vreselijkste beelden van doden en gewonden, tanks in de straten, vechtende demonstranten, sluipschutters die met scherp schieten. Wat gebeurt daar allemaal? Het meeste nieuws komt uit Cairo, het gaat de hele tijd over dat plein... wacht, ik googel het even... ja het Tahrirplein heet het. Maar er komt nauwelijks nieuws uit Alexandrië. Ik zie alleen af en toe een flits van een eindeloos golvende massa op de Corniche. Biddend. Schreeuwend. Demonstrerend. Waarschijnlijk loop jij daar niet tussen, dat mag immers niet van je vader, maar je broertje wel toch? En misschien heb jij nu ook een weg naar buiten gevonden?

F*ck, sorry voor mijn grove taal, maar ik ben zo ongerust en door die ACHTERLIJKE *lock-down* van al jullie mobiele-telefoonverkeer en internet kan ik je helemaal niet bereiken en kun jij dit natuurlijk ook helemaal niet lezen. Maar ja, ik typ toch maar, voor het geval je weer even online kan, of zo. Zo'n nerd als jij vindt vast wel een manier om toch online te komen. Ik ken je nog niet zo goed natuurlijk, als ik je blogs zo lees, lijk je me prima in staat de servers van het regime te hacken. Hoewel... daar heb je natuurlijk ook internet voor nodig. Shit. Ik ben echt heel bezorgd om je. Stuur me een berichtje alsjeblieft. Ik denk aan je! XOXO

Gesloten luiken

Verscholen achter een houten luik kijkt Samya door het halfopen raam naar buiten. Normaal bruist de straat van het leven. Verkopers op ezelskarren prijzen luid hun waren aan, volksliedjes schallen uit de radio's van de buurtwinkeltjes, jongens van de kleine garage halverwege de straat fluiten en deuken met grote hamers een auto uit. Vanuit een kleine basisschool hoor je het gekrijs van kinderen die werkwoordrijtjes opdreunen, en het geschreeuw van de leraren die met veel moeite boven hun veel te grote klassen uit proberen te komen.

Maar nu is de straat leeg en zijn de kinderstemmen verstomd.

Ze kan maar niet wennen aan de nieuwe geluiden die er sinds een paar dagen klinken. Explosies. Mitrailleurvuur. Vuurwerk. Geschreeuw. Soms luid, soms zacht, soms zwakke echo's van straten verderop. En sirenes natuurlijk. Dag en nacht sirenes. Het lijkt wel alsof het hele land in brand staat. Alsof iedereen tegelijk met een hartverzakking is neergestort en de ambulances en brandweerauto's niet weten hoe snel ze af en aan moeten rijden.

De zon breekt af en toe door wolkenslierten die traag langs de hemel glijden. De lucht is het enige uitzicht dat verder reikt dan de dichte luiken van de buren. De grauwe flats lijken in zichzelf gekeerd. Binnen zitten de bewoners bijeengepakt voor de televisie. Je kunt overal de verhitte stemmen van de tv-presentatoren die de nieuwsberichten voorlezen horen. Iedereen kijkt naar de buitenlandse zenders om te weten te komen wat er eigenlijk in het land gebeurt. Er doen de wildste geruchten de ronde, maar niemand weet wat de werkelijkheid is op straat.

De deuren van de krappe appartementjes zijn al dagenlang gebarricadeerd. 's Avonds is er een avondklok en mag niemand over straat. Bendes plunderen winkels, ramen worden kapotgegooid en mensen die zich toch op straat wagen worden aangevallen. Gelukkig hebben de mannen in de straat een buurtwacht opgericht. Ze patrouilleren bij de winkels en beschermen de flats. Samya ziet ze aan het eind van de dag met honkbalknuppels, bezems en tafelpoten op straat heen en weer lopen. Maar nu zijn ze er niet. *Ook demonstreren waarschijnlijk,* denkt ze en ze voelt een zweem van jaloezie. Tegelijk is ze ook bang, heel bang. Was Mohammed er maar.

Samya duwt het luik nog wat verder open. Een windvlaag speelt met een pluk haar. Ze moet oppassen, niet te veel geluid maken. Op de televisie in de woonkamer zijn de demonstranten op Tahrir te zien. De presentatoren zeggen dat er meer dan een miljoen mensen op het grote plein in Cairo staan. En niet alleen daar, ook op de boulevard van Alexandrië! Samya weet niet of het waar is, ze heeft de zee al dagenlang niet gezien.

Na een paar jaar in Alexandrië te hebben gewoond zit de Middellandse Zee haar in het bloed. Dat blauwe water is het mooiste van deze stad, die hoge golven geven haar een gevoel van ruimte, van leven ook. Met weemoed denkt ze aan de zilte lucht, het gekrijs van de meeuwen en de kleurige vissersbootjes die op het water dobberen.

Ze hoort haar moeder binnen in de woonkamer luid klagen.

'O Heer, bescherm ons, wees ons genadig.' Samya begrijpt niet hoe haar moeder het volhoudt naar de tv te kijken. De beelden zijn vreselijk. Bloedende lichamen worden met tientallen tegelijk afgevoerd. Voor het oog van de camera's vallen jongeren dood neer. Gebouwen staan in brand. Samya kan het niet aanzien. Ze heeft een wee gevoel in haar onderbuik als ze televisiekijkt. Het is hetzelfde gevoel dat ze soms in de ochtend heeft als ze weer eens over haar vader heeft gedroomd. *O papa... papa... was jij maar hier.*

Als haar moeder zou weten dat ze stiekem het raam geopend heeft en naar buiten kijkt, zou ze zeker in paniek raken en haar aan haar dikke bos krulhaar de kamer in trekken. Samya mag van haar moeder nergens heen. Die is als de dood haar te verliezen. Zeker nu het buiten zo tekeergaat. Ze stelt zich voor hoe haar vriendinnen wel protesteren en leuzen roepend over de boulevard marcheren. Maar zeker weten doet ze het niet. Ze krijgt al dagen geen telefoontje of bericht meer.

Ze rilt. Het is niet eens zo'n koude dag, maar ze heeft het gevoel dat ze op geen enkele manier nog warm kan worden. Dan schrikt ze op van een schot. En nog een. De knallen echoën tussen de gebouwen. Rumoer. Er komt leven in de straat. Een groep jongens in shirts en sportjacks rent over het asfalt. Samya steekt haar hoofd uit het smalle raam zodat ze het eind van de straat kan zien. Daar in de verte staan de ordetroepen: mannen in zwarte pakken met kogelvrije vesten en grote helmen op. Ze houden mitrailleurs vast. Hun schilden blinken om hun arm. Langzaam richten ze hun wapens op. Haastig kijkt ze naar rechts. Daar loopt een groepje jongens. Samya houdt haar adem in. *Mohammed!*

Hij staat in het midden van de groep en steekt een vuist op.

'Weg met Mubarak!' herhalen de jongens keer op keer. 'Ja Mubarak ren maar snel, wij vinden je wel!'

De jongens bewegen traag door de straat terwijl ze in hun handen klappen en luid schreeuwen. Ze lijken zich niet bewust van het gevaar. Van de mitrailleurs die vanaf het eind van de straat op hen zijn gericht. Samya wil hen waarschuwen maar haar lippen lijken met lijm op elkaar geplakt, ze krijgt geen woord uit haar mond geperst.

Opeens houden de jongens op met schreeuwen. Dit is de stilte voor de storm. Het oog van de orkaan, denkt Samya terwijl het woordloze zwijgen in haar oren gonst.

Dan spugen de ordetroepen hun geweren leeg.

De raampjes van de buurtapotheek sneuvelen. Een stoeptegel spat uit elkaar. Een jongen maalt licht als een veertje met zijn armen door de lucht tot de zwaartekracht hem overmeestert en hij op de betonnen stoeptegels stort. Hij is niet de enige die wordt geraakt. Een jongen met een kaal hoofd en donkere baard grijpt naar zijn arm. Een ander naar zijn been. Hun gezichten vertrekken van de pijn.

De slungelige lichamen buitelen over elkaar. De jongens die niet geraakt zijn proberen een veilig heenkomen te zoeken, bedenken zich en rennen slalommend naar de gewonden toe. Een van hen beweegt niet meer. Ze sleuren zijn lichaam als een zak meel richting de portiek van een gebouw. Gespannen tuurt Samya naar het lichaam. Dan is het alsof haar hart stilstaat. Ze herkent het gezicht van Abdelrahman. De zoon van de apotheker heeft een enorme kogelwond in zijn hoofd. Op de plek waar hij gelegen heeft kleurt het zand donkerrood.

'Hé, wat is dat?' Samya's moeder stormt de kamer binnen. 'Wat doe je? Ben je gek geworden?'

Samya voelt hoe haar moeder aan haar arm trekt. Ze verzet zich, zwakjes, maar geeft zich dan gewonnen. Haar moeder duwt haar opzij, weg van dat raam, weg van die chaos op straat. Ze werpt een vluchtige blik naar buiten en sluit haastig het luik.

'Wat doe je bij dat raam? Straks word je nog geraakt!'

'Abdelrahman...' mompelt Samya beduusd. Verder kan ze niets uitbrengen.

'Niets mee te maken. Je moet echt bij dat raam wegblijven!' Haar moeder huilt bijna.

Samya wil ook wel huilen. Maar ze houdt zich in en rent naar de kleine badkamer. Ze doet de deur achter zich op slot en strompelt naar de wasbak. De paniek golft door haar heen. Ze grijpt naar haar buik en spuugt op het witte porselein. Ze draait de kraan open, maar er komt niet meer dan een dun grijs straaltje uit. In de waterleidingen zit te veel kalk. Sinds het begin van de demonstraties zijn er massale stakingen uitgebroken waardoor vrijwel alle staatsbedrijven gesloten zijn. Ook het waterzuiveringsbedrijf.

Samya durft het water amper te drinken, maar neemt toch een slok. Dan kijkt ze in de spiegel. Een asgrauw gezicht kijkt haar aan. Ze schrikt van de dikke wallen onder haar ogen. Ze heeft de afgelopen nachten amper kunnen slapen.

De onrust op straat groeit. Een schelle stem schalt door de straat.

'O mijn God, o mijn God!' Het gekrijs gaat Samya door merg en been.

Mohammed! denkt ze weer. Ze sluit haar ogen en ziet hem voor zich, zijn heldere ogen, die geconcentreerde frons op zijn gezicht, zijn armen zwaaiend door de lucht, een sprong, sierlijk als een balletdanser beweegt hij op dor gras. En zij kijkt en kijkt, zonder iets te kunnen zeggen. Plotseling doet ze haar ogen weer open. *Ik moet zien wat er gebeurt!*

De kleine badkamer heeft geen raam, maar er is wel een ventilatieluik boven de wc. Ze sluit het deksel van het toilet en klimt erbovenop. Door de smalle gaatjes in het luik ziet ze de witte wolkenhemel. Voor één keer is ze blij dat alles aan het appartement oud en slecht onderhouden is, ook dit plastic ventilatieluik. Ze wrikt het los en tuurt door het tien centimeter brede gat naar buiten. Als ze op het puntje van haar tenen staat, ziet ze net de straat.

Daar loopt Mohammed. Helemaal alleen. De andere jongens staan in de portiek van een gebouw en zijn vrijwel geheel uit het zicht verdwenen, maar Mohammed loopt met zijn armen gespreid richting de veiligheidstroepen.

'O Heilige Maagd Maria,' kreunt ze. 'God, hou hem tegen!' Ze slaat een kruisje, maar Maria grijpt niet in. God houdt zich doof. Of niet? Samya heeft een onbestemd gevoel vanbinnen. Ondertussen loopt Mohammed gewoon door. Langzaam, een beetje wankelend, alsof hij in trance is en zelf ook niet begrijpt wat er gebeurt.

Ze bijt op haar hand. *Wat doe je, Mohammed? Ben je gek geworden?* Ze houdt van hem. Ze weet dat het niet mag, dat het niet kan, maar ze houdt van hem sinds de eerste keer dat ze hem zag en in zijn grote blauwgrijze ogen keek. Ze denkt aan zijn blik en lange wimpers die zo vol zijn dat ze op die van een meisje lijken. Ze hapt naar adem. Een steek schiet door haar borst. Als een van Cupido's pijlen raakt hij haar recht in het hart.

Samya wiebelt op haar tenen. Haar kuiten beginnen te steken, maar ze móét kijken. Mohammed heeft zijn jas opengeritst en loopt met gespreide armen op de agenten af. Samya schat de afstand: nog zo'n vijftig meter. *Waar is hij mee bezig? Wat gaat er in godsnaam in hem om?*

Opnieuw klinkt het gegil. Dat moet de stem van Mohammeds zus Layla zijn. De herrie op straat dringt slechts langzaam tot Samya door. De schoten, de explosies, het geschreeuw. Luiken vliegen open. Mensen verdringen zich op de balkons. Ze fluiten. Ze moedigen Mohammed aan.

'Bravo, bravo, je bent een held!'

Nee, je bent een gek, denkt ze. *Waarom doe je dit, Mohammed? Waarom?!*

Maar Mohammed blijft doorlopen. Langzaam zet hij het ene been voor het andere. Dan wordt er geschoten. Luid, hard, kil. Driemaal. Samya drukt haar handen tegen haar oren. Mohammed stort neer.

Zijn zwarte jas valt als een deken over hem heen. De lucht

is roerloos, de storm is gaan liggen, voor een moment is het water vlak als een spiegel. Dan komen de golven met donderend geraas weer aanrollen en doorbreekt hartverscheurend gekrijs de stilte: 'Mohaaaaaaaammed, neeeee!'

Samya kijkt naar de donkere schaduw op straat, duwt haar handen tegen haar borst, wankelt en valt met een doffe klap op de koude tegels. Ze weet niet wat meer pijn doet: de steek in haar zij of in haar hart.

Geklop op de deur. Iemand trekt tevergeefs aan de deurklink.

'Samya!' Het is haar moeder. Haar hoofd bonkt – fel licht – dan is alles zwart.

De flits

Het is vrijdag. De dag van de woede. De dag waarop het hele land de straat op moet gaan. 'Het wordt erop of eronder,' zei Omar gisterenavond nog. 'Als het ons lukt de twijfelaars na het vrijdagmiddaggebed de straat op te krijgen, kunnen we winnen. Maar de politie is overal op voorbereid. Ze weten dat dit het keerpunt kan zijn. Het wordt een dag die de geschiedenis in zal gaan.'

Voor het eerst voelt Mohammed de spanning ook. Hij staat vroeg op, verricht de rituele wassingen en rolt zijn gebedsmatje uit. Geconcentreerd bidt hij en smeekt God om hulp. Dan staat hij op, rolt zijn gebedsmatje weer op en klopt het stof van zijn knieën.

Na het ochtendgebed eet hij een stevige maaltijd van *foul* en *taamiyya* en maakt zich op om te vertrekken. Zijn vader kijkt bezorgd, maar laat hem gaan. Als hij de deur al geopend heeft, rent zijn moeder naar hem toe en geeft hem nog een kus op zijn voorhoofd.

'Doe voorzichtig alsjeblieft,' kermt ze. Maar Mohammed wendt zijn blik af en loopt de deur uit.

Buiten staat Abdelrahman al op hem te wachten. Samen lopen ze naar de moskee.

Op weg naar het gebedshuis zwaait het houten luik voor

het raam van Samya's kamer open. Even kruisen hun blikken elkaar. Ze zwaait naar hem.

Voorzichtig beweegt hij zijn hand ten teken van groet. Tot Mohammeds verbazing merkt Abdelrahman er niets van. Diep in gedachten verzonken staart zijn vriend naar de grond.

'Hé, wat kijk je somber!' merkt Mohammed op terwijl hij Abdelrahman onhandig tegen zich aantrekt. 'Wat is er? Heeft je moeder je geen kusje gegeven vanochtend?'

Maar Abdelrahman lijkt hem niet eens te horen. Mohammed doet er verder maar het zwijgen toe.

Het lijkt wel ramadan: iedereen gaat bidden. De zanderige straten veranderen in een lappendeken van gebedsmatjes. De moskeeën zitten stampvol. Hier en daar ziet Mohammed een vlag of protestbord. Op de hoeken van de straat staan groepen politieagenten die pasjes en papieren controleren en met hun geweer over de schouder dreigend naar de moskeegangers kijken. Niemand zegt wat. De spanning is om te snijden.

Mohammed en Abdelrahman slalommen tussen de gekleurde matjes en biddende mannen door en weten na lang duwen en trekken toch nog een plaatsje achter in de moskee te veroveren. De imam gaat voor in het gebed en houdt een korte preek. Iedereen wacht op een signaal, een teken van goedkeuring en ja, de imam roept inderdaad op tot het 'vechten van de juiste strijd' en 'het streven naar waar burgerschap', maar hoe en tegen wie de gelovigen die juiste strijd moeten leveren en wat hij met dat ware burgerschap bedoelt, zegt hij niet.

'Wat is dit nou weer voor halfhartig gedoe?' mompelt Mohammed geïrriteerd.

'Ssst, stil,' zegt Abdelrahman ernstig.

'Maar hij zegt niets!' probeert Mohammed nog.

Hij ergert zich dood aan dat overdreven respect van Abdelrahman voor de imam. Met een glimlach denkt hij terug aan zijn eigen lange discussies met de geestelijke van het gebedshuis.

'Zoon van me,' verzuchtte de oude man met de baard ten slotte, nadat Mohammed hem de zoveelste kritische vraag had gesteld. 'Allah heeft ons op de aarde gezet om een goede moslim te zijn, niet om met zijn dienaren te twisten.' Daarmee was voor hem de kous af. Maar niet voor Mohammed. Piekerend liep hij na het vrijdagmiddaggebed langs het water.

Heeft Allah mij alleen maar geschapen om dagelijks de shahada *uit te spreken en vijfmaal per dag te bidden?* vroeg hij zich af. *Leef ik om te vasten tijdens de heilige maand ramadan en eenmaal de grote pelgrimstocht naar Mekka te maken?*

Mohammed geloofde in God – natuurlijk twijfelde hij niet aan Zijn almachtige aanwezigheid – maar hij kon zich niet voorstellen dat het leven als enig doel had een goede moslim te zijn.

Daarbij voelde hij zich helemaal geen goede moslim. Maar dat was weer een andere zaak.

'De goede sjeik kan niets zeggen,' fluistert Abdelrahman en hij maakt met zijn hoofd een knikkende beweging naar rechts.

Daar zitten twee mannen die Mohammed nog nooit eerder in de moskee heeft gezien. Ze werpen de imam strenge blikken toe en kijken argwanend rond. Een van hen doet weinig moeite de ware reden van hun bezoek te verbergen. Hij bidt niet mee en onder zijn kreukelige overhemd ziet Mohammed duidelijk de omtrek van een pistool.

'Ze zijn hier om informatie over de aankomende demonstratie te verzamelen en ons bang te maken,' fluistert Abdelrahman terwijl hij geroutineerd op de golven van de biddende gelovigen meedeint. Ritmisch beweegt hij zijn hoofd van rechts naar links. 'Maar dat zal ze niet lukken. Denken ze nu echt dat wij niet weten dat ze van ieder van ons allang een dossier hebben? Je kan als baby in dit land nog geen scheet laten of er wordt al een dossier van je aangemaakt.' Dan sluit hij zijn ogen en bidt ernstig verder.

Een dossier, denkt Mohammed. *Misschien hebben ze er wel een van mij, of van Layla, of van mijn moeder...* Er trekt een rilling over zijn rug. Terwijl hij bukt en zijn voorhoofd tegen de grond drukt, vraagt hij nog maar eens extra om vergeving. Hij zal de goedgunstigheid van God vandaag nog wel eens hard nodig kunnen hebben.

Eenmaal buiten is het alsof Mohammed een andere wereld binnen is gestapt. Het *salem*, de vredesgroet bij het afscheid, besterft hem op de lippen. De politie heeft alle uitgangen van de straten gebarricadeerd. Helikopters vliegen laag over de stad. Het razende geluid van hun wieken is oorverdovend. Verderop in de stad volgen explosies elkaar in snel tempo op. Ambulances rijden met gillende sirenes over de hoofdweg.

Omar, nog steeds de aanvoerder van de groep, voegt zich vanuit het niets bij hen.

Kom mee, gebaart hij met een onopvallende handbeweging. Op de hoek van de straat wacht Michael hen met protestborden en spandoeken op. Hij is christen en gaat op zondag naar de kerk.

'Snel, kom mee,' fluistert hij terwijl hij de borden in hun handen duwt. 'Deze keer is de politie goed voorbereid. Er staan al tientallen kordons klaar. Ze schieten.'

Michael heeft zijn woorden nog niet uitgesproken of de agenten op de hoek van de straat lossen hun eerste salvo's. Zigzaggend rennen ze een zijstraatje in.

'Kom, we gaan naar de boulevard!' roept Abdelrahman boven alles uit. 'We moeten weer een front vormen, als enkelingen zijn we kansloos!'

'Laten we via een omweg naar de Corniche trekken.' Mohammed wijst in de richting van de halfhoge flats van zijn eigen straat.

De jongens trekken de wijk in. De straten zijn hier totaal verlaten.

'Waar is iedereen?' vraagt Abdelrahman beduusd.

'We moeten de mensen naar buiten halen!' zegt Omar. 'Kom op, laten we gewoon hier beginnen.'

De jongens houden hun borden omhoog en beginnen te fluiten en te klappen. Het werkt. Hier en daar komt iemand naar buiten. Maar de meeste mensen blijven binnen.

Mohammed geeft niet op. Onvermoeibaar moedigt hij de groep aan.

Dan arriveren de jongens aan het begin van hun straat.

Mohammed kan het verkleurde bord met het Pepsi-logo van het winkeltje van zijn vader in de verte zien.

Ze zijn al een tijdje geen agenten meer tegengekomen en ook het geluid van de helikopters en het geschreeuw is afgenomen. Klappend lopen ze de straat in.

'Brood, vrijheid en sociale rechtvaardigheid! Ja Mubarak ren maar snel, wij vinden je wel!'

Mohammed kijkt omhoog. Opnieuw ziet hij een glimp van Samya achter het raam. Hij klapt nog wat harder en maakt er zelfs een sprong bij. Dan kijkt hij naar zijn eigen huis. Layla staat op het balkon. Hij werpt haar een kushand toe. Maar zijn zus reageert niet. Met grote ogen en open mond staat ze als versteend op het balkon. Hij begrijpt haar houding niet maar richt zich weer op zijn groep.

Omar zwaait met een vlag. Abdelrahman gebruikt zijn handen als een megafoon en roept naar de half verscholen toeschouwers achter de luiken dat ze de straat op moeten gaan.

Mohammed ziet hier en daar een angstige blik vanachter het glas. Hij begrijpt het niet. Waarom komen zijn buren niet naar buiten?

Dan ziet hij de rij zwarte mannen aan het eind van de straat. 'Abdelrahman,' schreeuwt hij nog. De hele groep blijft stokstijf staan.

Een knal. Vanuit het niets spat een stoeptegel kapot en vliegen er glasscherven door de lucht. Nog een knal. Kristallen schitteren tegen een wit wolkendek. Omar grijpt naar zijn arm en brult van de pijn. Ali maalt wild door de lucht.

Mohammed trekt zijn vriend opzij. Angstig, geschrokken

grijpt Abdelrahman hem schreeuwend vast.

Zijn warme lijf omstrengelt het zijne, een fractie van een seconde waant Mohammed zich in het paradijs. Dan voelt hij het lijf van Abdelrahman verslappen en langs zijn rug naar beneden zakken.

Nee, nee, nee!

Terwijl de kogels hem om de oren vliegen duikt Mohammed op zijn vriend.

'Abdelrahman, Abdelrahman! Word wakker, kom bij!' Hij schudt zijn vriend heen en weer, slaat hem met de vlakke hand in het gezicht. Dan ziet hij pas de grote schotwond op zijn hoofd. Er sijpelt dik bloed uit. En ook iets anders. Mohammed wil het niet weten. 'In de naam van God, leef, Abdelrahman! Leef! Ik hou van je! Begrijp dat dan: ik hou van je!'

Angstig trekt hij aan zijn vriend. 'Ik hou alleen van jou! Blijf leven, alsjeblieft!' Hij slaat zijn handen tegen zijn gezicht. Duizend emoties gieren door zijn lijf terwijl hij huilt en schreeuwt, vloekt en bidt. Alles tegelijk. Zoute tranen bijten in zijn kapotte huid.

Dan voelt hij hoe iemand hem bruusk opzij duwt. De jongens uit zijn groepje die niet zijn geraakt pakken het bewegingsloze lijf van Abdelrahman bij armen en benen op en slepen hem ruw over straat.

Langzaam komt Mohammed overeind. Hij ziet geen huizen meer, geen mensen, geen agenten. Alleen nog een rode waas. Hij begint te lopen. In zijn hoofd klinkt een dof gebrom.

Hij zet de ene voet voor de andere. Wankelt op zijn benen.

In de verte roept iemand zijn naam.

Is dat Abdelrahman? Nee, dat kan niet. Die is...

Hij wankelt verder. Spreidt zijn armen om in evenwicht te blijven. Het is koud maar zijn shirt plakt tegen zijn lijf.

Hij loopt en loopt. Er klinkt gefluit. Geschreeuw.

Het lijkt wel een voetbalwedstrijd. Waar is de bal? Hij maakt een trappende beweging, gaat bijna onderuit.

Nog een stap, nog een. In de verte ziet hij een zwarte wand. Een muur van donkere poppetjes. Mechanisch gaan hun armen omhoog.

Het is geen voetbal, maar cricket, denkt hij. *Ze slaan met een stok tegen de bal, net zoals in India, net zoals in Engeland. Lang leve de koningin.*

Hij doet nog een stap naar voren. Is dat de stem van Samya? Hij weet het niet.

En wie is dat? Zijn moeder?

'Bravo, bravo!'

Dat zijn mannen. Alleen kerels schreeuwen zo. Vrouwen krijsen. Ik ben geen kerel, ik hou van dansen. Ik hou van Abdelrahman.

'Dood!' schreeuwt hij tegen de muur. 'Jullie hebben hem vermoord!'

De schimmige wand wordt groter. Mohammed voelt zich als een mier zo klein.

Hij kijkt omhoog.

De zon breekt tussen de wolken door.

Alsof Abdelrahman naar hem knipoogt.

Langzaam heft hij zijn rechterarm hoger de lucht in.

Dag Abdelrahman, dag.

Drie korte schoten.
Een flits.
Dan is hij dood.

Het is voorbij

http://confessionsofanegyptiannerd.blog.org

Blogpost published at 11/02/2011 17.00 PM
Title Mijn broer

Full text>>

Voor wie dit leest,

Vandaag, vrijdag 11 februari 2011, is Hosni Mubarak gevallen. De farao wankelde, hield zich krampachtig vast aan zijn troon, maar heeft onder druk van het volk en zijn eigen vuile generaals af moeten treden. Gisteren sprak hij nog grote woorden, maar nu is de grijns op zijn vette lippen verbleekt. Zijn zware bulderstem is eindelijk het zwijgen opgelegd.

De mensen zijn uitzinnig van vreugde. Het volk schreeuwt als één man. Mensen dansen op straat. Opnieuw klinken er explosies, maar ditmaal komen de knallen niet uit geweerlopen of van traangasgranaten. Het zijn de vuurpijlen die door de feestende menigte worden afgestoken. Maar bij elke vrolijke klap breekt mijn hart.

Ik kan niet lachen. Ik kan niet juichen. Niet springen. Ik kan... niets meer.

De grote dictator is gevallen. Maar niet alleen hij. Honderden zijn gevallen. Voor altijd. Mubarak leeft nog. Hij wel. Maar mijn broer, mijn leven, mijn liefde, mijn geluk, is gevallen om nooit meer op te staan.

Ze hebben hem vermoord. Op klaarlichte dag van het leven beroofd. Terwijl hij met open armen het paradijs naderde. Met lege handen naar de hemel keek. Ze hebben hem doodgeschoten. Zijn lichaam met kogels doorzeefd. Mijn broer.

Mohammed Sayed Ibrahim

Zoon van Sayed Ibrahim de kruidenier. Zoon van een gebroken man. Van een van haar kind beroofde moeder. Broer van een verloren zus.

O moge Gods duizenden engelen hem omringen. Mag zijn lichaam dansen in de groene tuinen van de eeuwigheid. Mohammed... lieve broer van mij.

Er is geen vrijheid, geen toekomst voor dit land, als een vrije, speelse geest als jij niet meer dansen kan. Er is geen leven, geen reden tot geluk voor mij, als ik je niet meer omarmen kan. Ik kan ademen maar krijg geen zuurstof meer, ik kan huilen maar heb geen tranen over, ik kan niets, wil niets, zeg niets, ben niets meer zonder jou.

Ik hou van je. Voor altijd.

Jouw zus,

niet Joyce uit virtueel Texas, maar Layla uit Alexandrië. Dochter van een nieuw Egypte, waar de dood regeert, waar de pijn overheerst en waar vrijheid nog steeds even kostbaar is als de Nijl die ons leven geeft, de roekeloze vrede even onstuimig is als de golven van de zee. Dochter van een land dat haar broer van zijn leven heeft beroofd. Kind van een natie die ouders verweesd achterlaat.

<<End full text

Comments (none)

Uitgeverij Querido stelt alles in het werk om op milieuvriendelijke en duurzame wijze met natuurlijke bronnen om te gaan. Bij de productie van dit boek is gebruikgemaakt van papier dat het keurmerk van de Forest Stewardship Council (FSC) mag dragen. Bij dit papier is het zeker dat de productie niet tot bosvernietiging heeft geleid.